Roberto Nicolato

Do outro lado da rua

KOTTER
EDITORIAL

Copyright© 2016 – Kotter Editorial – todos os direitos desta obra, ora cedidos à Kotter Editorial, são de propriedade do autor. Esta obra não poderá ser reproduzida nem no todo, nem em parte.

Arte da capa: Kotter Editorial
Revisão ortográfica: Bureau do Brejo
Editoração eletrônica: Cristiane Nienkötter
Arte final e resp. gráfico: Ladimir Jesus Silva
Editor assistente: Ricardo Pozzo
Editor: Sálvio Nienkötter

Nicolato, Roberto
    Do outro lado da rua / Roberto Nicolato. – Curitiba
    Kotter Editorial, 2016.
    91 p.

    ISBN 978-85-68462-17-1

    1. Literatura brasileira I.

15-0793   CDD B869

Este livro segue as novas regras do acordo ortográfico de 1990, em vigor no Brasil desde 2009.

Kotter Editorial Ltda.
Correspondência: Rua das Cerejeiras, 194
Bairro: Barreirinha, Curitiba – PR : CEP: 82700-510
Tel. +55 (41) 3585-5161
www.kotter.com.br | contato@kotter.com.br

2016
2ª Edição

Chego à janela e vejo a rua com uma nitidez absoluta.
Vejo as lojas, vejo os passeios, vejo os carros que passam,
Vejo os entes vivos vestidos que se cruzam,
Vejo os cães que também existem,
E tudo isto me pesa como uma condenação ao degredo,
E tudo isto é estrangeiro, como tudo.

Fernando Pessoa
(Tabacaria)

Sumário

I 7
II 19
III. 29
IV. 39
V 45
VI. 51
VII 61
VIII 67
IX. 75
X 81
XI. 89

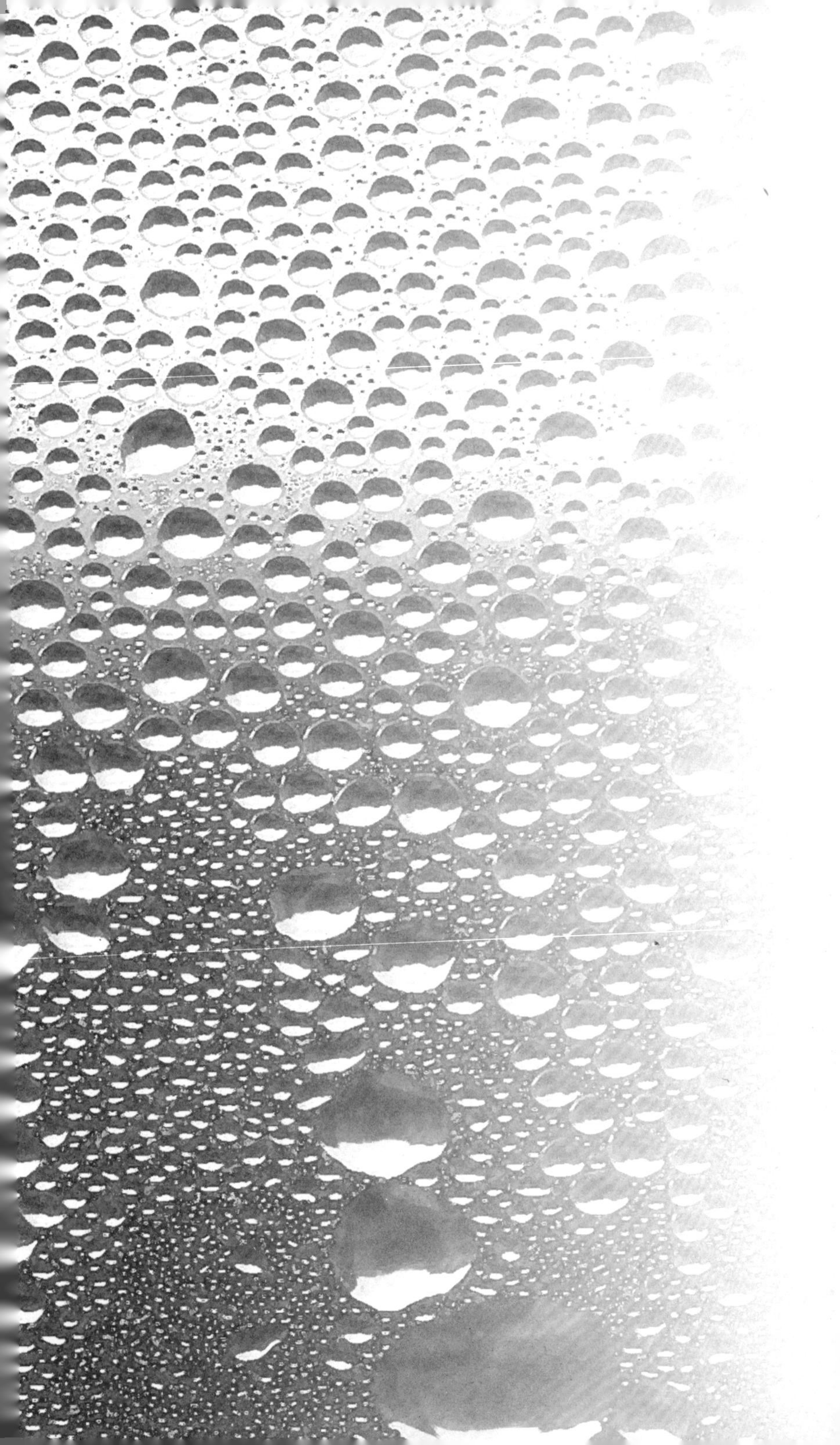

I

– É uma história feita de muitas outras. Penso que não devo iniciá-la nem pelo introito nem pelo cabo, partirei do meio do caminho, a enfrentar suas pedras e assim, quem sabe, aumentar-lhe o interesse... disse com o olhar perdido o velho. Mas já se recuperando, como um jesuíta, disparou peremptório:
– Embora seja a primeira vez que nos encontramos, o melhor é nos concentrarmos e não perdermos mais tempo. Bem, nosso contrato já garante isso. Você aceitou essa encrenca, agora fique a postos e de ouvidos atentos, sob pena de quebra de contrato...
– O senhor é contador de histórias?
– Não, estou bancando de escritor mesmo. O olhar do ancião perdeu-se ainda mais que antes. O rapaz ficou confuso, algo contrariado... mas, àquela altura?
– No centro dessa odisseia está um forasteiro que foi encontrado morrendo no centro desta cidade. Pode começar a escrever. Prefere computador ou à mão? Tenho canetas das melhores!
... Certo, você quem sabe, só não me judie a gramática... Te contratei pelas recomendações a teu respeito e espero não ter de

parar minha linha de raciocínio para te explicar que exceção é com cedilha, certo? Se o salário não estiver de acordo que me diga agora, não quero problemas. De qualquer forma, as regras estão no contrato, disse marcando as sílabas da última palavra. Nem sempre vou precisar de você por aqui, você sabe... Nem sempre terei o que dizer. Importa que esteja disposto e disponível nos dias em que eu precisar do seu trabalho. Tudo será feito pela manhã, quando costumo estar com o pensamento leve e, nos melhores dias, inundado de lembranças e ainda, com sorte, alguma imaginação.

O rapaz não desafinou na incumbência, mas sem se dar conta do que o esperava: sequer lhe restava saída... O velho Otaviano, por sua vez, temeu parecer ridículo na sua nova atividade. Sim, essa é a palavra, balbuciou balançando as cãs, ri-dí-cu-lo.

— Não estou disposto a esconder nada nessa minha tão primeira quanto provável última narrativa, disse reconstituindo-se.

— Está tudo bem com o senhor? perguntou preocupado o moço, diante da reação esboçada por Otaviano que, embora fragilizado, tentava remarcar seu território:

— Tenho as memórias e, portanto, o controle dessa história.

Compenetrado, o contratado não dizia mais palavra, esperava apenas. Muito embora elas lhes acompanhassem e atormentassem todos os dias, Otaviano teve de se esforçar para trazer à tona aquelas lembranças. Por fim, com uma alguma dificuldade, deu início à narrativa que pretendia seu primeiro e único livro de ficção. Ficção?

Lá pelos idos dos anos cinquenta, aos vinte e poucos anos estava eu na Estação Ferroviária daqui de Curitiba, quando me deparei com aquele singular estrangeiro desembarcando numa manhã de domingo. Nem sei em qual algazarra estava eu metido, de terno, alinhado, a aguardar a chegada do governador que voltava do Rio de Janeiro, capital da República de então, quando vi o sujeito passar no meio da multidão. Ao descerem, a um tempo apressados e indecisos, os passageiros esperavam que alguém lhes viesse ao encontro, mas aquele homem chamativo seguiu sozinho. De soslaio ainda o vi embarcar em um táxi, parado logo na primeira esquina, como a esperá-lo.

– O senhor não gostaria de tomar um copo d'água, um chá ou, quem sabe, comer algo antes de prosseguir? Acenou o jovem ao notar as dificuldades do velho Otaviano ao ditar as primeiras frases.
– Que obviedade! Por que esqueço de satisfazer o estômago? Lembre-se, garoto, não está aqui para me ouvir contar a história da minha vida. Não sou o personagem desse enredo, apenas a fonte, melhor, a testemunha de um fato. Disfarçou Otaviano, pedindo que o empurrasse até a cozinha.
– Não entendo assim – asseverou o rapaz, tentando agradar o contratante, seu primeiro patrão, enquanto tentava, com esforço, ajudar o velho a deixar o escritório, acelerando e reduzindo bruscamente a velocidade daquela geringonça, aquele veículo voluntarioso. Isso não estava no acordo entre as partes, um negócio, embora de objeto algo ficcional, fantasioso.
Devido à dificuldade motora, para Otaviano ver realizado o sonho do livro não restou outra saída senão meter a mão no bolso para contratá-lo. Contudo não se erguia aí um problema, ele havia guardado algum para o tempo menor de sua vida, o capítulo final. Ou há um undiscovered country, Hamlet?
O que importava é que contratando aquele rapaz estava sendo possível escrever a história do alienígena, do Ulysses moderno

que viveu algum tempo naquela Curitiba de não mais, e do como ele virou objeto de desejo dos maridos vouyers, das damas, das donzelas, das desafamadas e dos jornalistas. Não havia quem não soubesse, quem não tivesse acesso a ao menos um pequeno fragmento de prosa, nas mais das vezes fantasiosa, em conversas de bares, cafés e nos clubes requintados, sobre aquele lídimo Don Juan. Isso contribuiu para ajudar a criar o mito do homem que muitos julgavam conhecer, mas que pouco dele sabiam.

Mal satisfeitas a fome e a sede voltaram para o escritório. "Só sei aquilo que fui. Agora, neste espaço delimitado por quatro paredes, resta-me recordar com o favor desta clara memória essa história. Será meu único livro, espero não me contradizer", refletiu Otaviano, enquanto era conduzido naquela cadeira de rodas.

— Qual é mesmo o seu nome? Ah, Juliano, claro. Veja, Juliano, estou aqui na condição de quem perdeu a chance de escrever. O tempo escapou-me rápido. Acha que ainda tenho chance?

— Claro que sim – asseverou apressado o rapaz.

— É, acredito que gozo das faculdades cerebrais e intelectuais, apesar de estar quase permanentemente preso nessa odiosa cadeira.

Juliano ia aos poucos percebendo as fragilidades de Otaviano, no entanto, evitava quanto podia se envolver emocionalmente com o contratante. Já havia planejado isso antes de aceitar o trabalho. Nem dó nem compaixão. Além do mais, o lugar de cada um estava delimitado desde o começo, desde quando pela primeira vez entrou naquele apartamento da Alameda Dr. Muricy.

Com cuidado, Juliano estacionou o patrão perto da escrivaninha e sentou-se em frente à tela para continuar seu trabalho.

– Podemos retomar? Perguntou polido, consciente do dever, mas com pressa... restou ao velho Otaviano prosseguir sua prosa:

Naquela época, Manuel Fernandes era o fotógrafo mais conhecido e apreciado da cidade. Nem havia quem não desejasse ser fotografado por ele ou ter sua história familiar contada em imagens. Tinha um estúdio na XV, bem montado e o mais procurado da cidade. Seu talento permitia tornar fotos a princípio comuns em notáveis recordações românticas ou, quando convinha ao caso, nostálgicas. Foi um dos muitos que, como eu, presenciaram a chegada daquele estrangeiro na nossa capital naquela manhã, quando todos fotógrafos, sob a garoa, estavam mergulhados num mar de guarda-chuvas à espera do governador. Manuel Fernandes não menos.

– Pare um pouco, Juliano. Vou logo saciar a sua ansiedade e talvez, dos meus três futuros leitores. Tinha dito que ia começar pelo meio do caminho, com o fato mais instigante. É a primeira vez que escrevo, mas como sei que as narrativas seduzem, cumpro o trato. Agora sim, abandono os volteios, vamos ao que interessa:

Algum tempo depois desse dia, de não muito longe o fotógrafo Manuel Fernandes avistou o corpo quase desnudo de um homem, caído na calçada, em frente à farmácia Nossa Senhora de Lourdes, nesta Alameda Doutor Muricy, aqui no centro de Curitiba. De acordo com as informações da polícia de plantão, ninguém conseguiu descrever com isenção e clareza em quais atividades o dito cidadão estava metido e o que fazia ele na cidade. Nenhum documento foi encontrado, nada que pudesse lhe identificar. Pior, ao que tudo indicava, todos os seus pertences haviam sido roubados.

– De onde veio o homem? – Perguntou o policial aos que se aglomeravam curiosos em volta do corpo inerte.

– Eu não sei. Quando cheguei ele já estava caído. Ninguém aqui o conhece não! Nem vi ninguém chorando... – adiantou um dos curiosos, enxotando o mosquedo de varejeiras que percorriam carduminosas o rosto do falecido.

O policial fez mais algumas perguntas e depois juntou-se ao colega que veio com ele na viatura para, ao estacionar o rabecão, transferir o morto do universo da rua para o Serviço de Medicina Legal, para o devido reconhecimento de amigos e familiares.

"O corpo do homem desconhecido está sendo removido para o Serviço de Medicina Legal para que possam ser apuradas, com as devidas técnicas, as causas da morte do cidadão, uma vez que não foram encontrados quaisquer vestígios de violência: marcas de bala, ferimento à faca ou hematomas provocados por pancadas. Acredita-se que a morte tenha sido decorrente de um infarto. Teremos de esperar os laudos" – noticiou melossilábico o repórter na PRB-2.

Quando ouviu a notícia na PRB-2 sobre a morte do desconhecido a cantora Dulcina Negromonte alinhava a toalete na salinha rococó, perdida na grande extensão do corredor apinhado de portas. Nem se deu conta, só pensava no show que em alguns minutos iria protagonizar na Boate Paris, lá pelos lados da imponente e anglicana Estação ferroviária. Contudo, sentiu sim uma vaga piedade por aquele morto desconhecido, sozinho na cidade.

O repórter do Diário da Província havia guardado o material de trabalho na gaveta da escrivaninha, quando soube, pelas mesmas ondas da rádio mais popular da cidade, da história da morte do homem desconhecido. Rapidamente rumou para o local do incidente a tempo de encontrar os policiais interrogando os populares. Dirigiu-se ao Serviço de Medicina Legal a ver se obtinha mais informações *antes do dead line previsto para o fechamento da edição daquele dia. Por lá colheu mais alguns detalhes de curiosos e da polícia, para depois então retornar à redação na XV e relatar na velha máquina de escrever o que percebeu do ocorrido, para que a notícia virasse manchete da edição do jornal no dia seguinte.*

"Sou um velho indeciso, medroso", deu-se conta Otaviano, constrangido em narrar aquela história em que a ele próprio estava reservado um papel desprezível; se achava ridículo ao ditar linhas inteiras, com sua voz imperativa, apenas porque pretendia chegar a um nível desejável de objetividade. Histórias que já podiam ter sido contadas. Mas que estavam ali, o perseguindo, achacando pelas costas, e dessa incumbência ele não podia fugir; no entanto era preciso algum traquejo para melhor organizá-la, dar um caráter teatral, quem sabe dramático, embora verdadeiro. Começou a entrar em pânico. Não podia perder de vista os veros fatos...

Reparou no rapaz ao seu lado, magro, rosto fino, nariz aquilino, sentado no mesmo nível que o dele, de pernas cruzadas, esperando que algo novo irrompesse; isso obrigava o velho Otaviano a contar boas histórias, usar um bom gancho, atrasá-las ou acelerá-las propositalmente e, o pior, ainda ter que pagar para que ganhassem forma, mesmo que na tela do computador. Bizarro. Mas quisesse ou não, já estava começando a se acostumar com a ideia de que há idade pra tudo nesta vida.

"Eu criei a situação e tenho de suportá-la, levá-la incondicionalmente ao fim. Esse rapaz aqui do meu lado, submisso às minhas decisões, mas distante dos meus sentimentos, e eu narrando uma história que penso, sinto e acredito, como a mais verdadeira...".

— Vamos continuar? — interrompeu meio sem jeito Juliano ao ver novamente o patrão mergulhado em si; depois, percebeu no rosto redondo, avermelhado do contratante, os olhos saltarem, como que em desespero.
— Senhor...?
Estava ali para cumprir uma promessa feita a si mesmo. Não tinha volta. Ainda com o olhar perdido reiniciou o relato com o depoimento prestado à polícia pela cantora da *Boate Paris*, que ele acreditava estar totalmente envolvida na morte do forasteiro, ocorrida naquela noite fria de agosto, no centro de Curitiba.

Quando acordou, pelo Diário da Província Dulcina Negromonte ficou sabendo que o corpo do homem desconhecido continuou no Serviço de Medicina Legal durante toda a noite, sem que nenhum conhecido o reivindicasse. Quando fixou a foto da vítima na primeira página sentiu o coração saltar-lhe pela boca, era por demais convincente que se tratava de Antônio dos Santos, o Antoninho, tal como o conhecia, e com quem vinha mantendo relações amorosas há quase um ano.
Nunca lhe passou pela cabeça perguntar de onde era, a qual família pertencia aquele estrangeiro em tempo integral, homem de muita conversa nos negócios, mas pouca da vida. Ele apenas contava sobre suas atividades profissionais na capital – que era gigolô ela já sabia, nem precisava inquirir.
Ela lembrou de que ele, semidesfalecido depois da intimidade máxima, balbuciou "Como você não fez nenhuma pergunta sobre a minha vida..." e aí contou algo de si. Não falou muita coisa. Mesmo assim, quando questionada sobre as suas relações com o forasteiro, a cantora da Boate Paris mentiu para o delegado, desconversando.

"*Ele me contou que estava aqui na capital trabalhando com vendas, uma representação do interior de São Paulo, que não lembro o nome. Não falou de família, se tinha mulher, se filhos e... talvez o senhor não acredite, mas acho que estou grávida desse homem, embora ele não mereça de minha parte essa consideração. Anteontem brigamos na boate, dormi fora de casa e cedo já estava me esperando na porta do apartamento. Bateu sem dó, o senhor pode ver as marcas no meu corpo, posso até fazer o exame de corpo delito... Não matei ele não! Eu estava na boate... Com quem passei a noite? Um cliente, sei o nome não..."*

– Mas que prosa é essa? Essa foi a história que saiu no jornal... Não a que vou contar. Veja, essa cantora diz algo sem fundamento. Ela está metida, sim, nesta história. Seu tempo acabou. Como é mesmo seu nome? Ah, sim, Juliano. Isso está me deixando confuso, cansado. Volte amanhã, Juliano. O meu amigo Manuel Fernandes tem um relato melhor que o meu.
"Mas a minha versão, eu sei, é a mais convincente. Como é difícil a verdade! Amanhã, mudo o rumo dessa prosa".
Juliano se despediu aliviado. Soou meio-dia na igreja da Tiradentes.
Alzira, a empregada, corria com o almoço, enquanto o velho Otaviano vasculhava as gavetas do armário, na biblioteca, em busca de notícias publicadas no dia seguinte à morte do forasteiro. Ela mentiu para o delegado, tornou a repetir. Era seu gigolô.... Era algo constrangedor pra ele, um homem solitário, avançado na idade, relembrar aqueles episódios e contá-los a um rapaz que acabou de conhecer, com quem não tinha intimidade nem nutria afeto. Para facilitar as coisas, pensou, bastava tratá-lo como o seu primeiro leitor.

Embora confusa, a atividade trazia novos sabores à vida do velho. Por demais acostumado ao conforto da rotina, Otaviano precisava colocar-se naquela meta, embora a matéria-prima de todo esforço e entusiasmo não passasse de mera ficção, puro fruto da memória. Afinal ele não era nenhum Pedro Nava, não tinha uma tal memória nem aquele cabedal cultural. Um copo espatifou-se na cozinha, só então se deu conta de Alzira na lida da casa, ela sempre silenciosa... e lembrou que Alzira tinha sido contratada antes da morte de sua esposa.

Glorinha, a esposa, não gostava de empregada, mas além de doente estava por demais exausta da vida de dona de casa. Assim, arrumaram para Alzira o quarto de empregada, na área de serviço. Ela chegou na manhã de um domingo. Zelosa e dedicada, passou o dia inteiro arrumando o que trouxe nos cabides e gavetas do armário. A medalhinha de Santo Antônio era relíquia, presente da mãe. Só deixava o emprego aos domingos, para visitar parentes na Barreirinha. Ajudou a cuidar de Glorinha e, com o tempo, acabou virando alguém da família.

Depois de algum esforço, Otaviano encontrou a edição que procurava do Diário da Província. Todos os fatos ali preservados, resistindo ao tempo e às traças, guardados numa embalagem plástica. É, Glorinha fazia sim muita falta! Foi depois de sua morte que ele se desligou do convívio social, trancou-se no apartamento. Pouco saía de casa. Anos depois adotou Boris, o gato malhado, que encontrou preso numa gaiola no aviário da Saldanha Marinho.

Nunca havia pensado em tal hipótese, jamais teve qualquer afeição por gatos. Foi num dia de chuva, quando ainda podia caminhar, ao passar despreocupado em frente à loja viu o animalzinho brincando com não sei que tipo de coisa. Ali percebeu vida intensa, mesmo sem razão de ser. Só precisava dar-lhe água e comida... Precisava se apegar, se doar novamente. Nem ligou quando topou com o pano do sofá em frangalhos, as cadeiras de vime arranhadas e monturos de vômitos espalhados pela sala. A tarde ia apenas começando. Alzira terminava o almoço, Boris dormia enrodilhado no sofá. Devagar Otaviano abriu a embalagem plástica, pegou o Diário da Província e deparou-se com a notícia estampada na primeira página sobre aquele fatídico 06 de agosto de 1955: "Homem desconhecido encontrado morto na Dr. Muricy". E observou, como se pela primeira vez, a foto do sujeito sentado no chão, cabeça pendente à esquerda, praticamente nu, como um pacote que se deposita desajeitado na calçada.

Já na cozinha, Boris miava. Havia sido guiado pelo cheiro e exigia comida. Otaviano havia dado ordens para Alzira resistir aos apelos do gato. De comida, só ração. A empregada pôs a mesa e sentando-se Otaviano percebeu que Boris e Alzira eram os que lhe restaram. Bóris em busca de conforto e comida e a empregada a obedecer suas vontades; não sabia se ela tudo fazia em troca do salário ou se em seu coração havia afeto para com aquele velho gordo, paralítico, preso a uma cadeira de rodas.

Após o almoço, como de praxe, passou a tarde a cochilar no sofá, Boris ao seu lado que, como uma pequena sombra, acompanhava Otaviano em tudo que fazia. O apartamento era aconchegante, num prédio antigo que já pouco lembrava a imponência nos idos anos 50.

A janela representava praticamente todo o seu contato com a rua; dali via a multidão em movimento até a XV, em contraste com a imobilidade interna dos móveis e objetos da época de seu casamento com Glorinha. Ali sentia-se seguro, sem colocar os pés naquela pulsação, sem se envolver com a profusão de vozes e gestos e, mais a mais, a vida era apresentada a Otaviano pela televisão e jornais, os quais achava suficientes para acompanhar o desenrolar dos dias.

II

Na manhã seguinte, Juliano se apresentou às oito, no horário marcado. O patrão já o esperava ansioso, animado com a perspectiva de dar prosseguimento à sua narrativa.
– Bom dia, meu rapaz!
Para ele, cada vez mais, estar junto de Juliano era reaver o espírito da juventude, estar em contato com a energia perdida; aquele convívio mantinha uma porta aberta para o que acontecia fora de sua cápsula, como ele mesmo denominava seu apartamento da Dr. Muricy.
– Como vai a vida lá fora, Juliano? Hoje, tenho muita coisa para contar. Vai se preparando, vamos ter muito trabalho...
– Eis me qua! Gracejou obediente o rapaz. E arriscou: Seguiremos com cantora de cabaré?
– Não. Antes vou revelar um segredo. Vai, escreve aí – ordenou Otaviano, impaciente, cada vez com mais gosto pelo ofício.

Eu tinha à época vinte e cinco anos, era agosto de 1955, e já não fazia mais aquele frio que havia congelado Curitiba um pouco

antes, e vi, sim, como tudo aconteceu. Fui testemunha, mais ainda, participei daquela extraordinária história! Não há como não dizer: talvez a única em toda minha vida. Estou te dizendo isso, caro leitor, como uma confissão, você me entende? Isso me alivia, porque sei que não terei mais tempo para qualquer sentimento de culpa.
Tentarei lembrar dos detalhes. Era tarde da noite quando encostei no parapeito da minha janela para fumar um cigarro. O dia tinha sido tumultuado, a névoa lá fora, e a imagem se enquadrou de repente; uma sombra se entortou devagar, depois despencou, e o que poderia eu fazer naquele momento quando vi o corpo cair no chão, se estrebuchar, lábios e olhos convulsivos, ali, do outro lado da minha calçada? Tive medo, juro. Ou foi fraqueza, ausência de caráter, piedade, quem sabe. E depois o que se passou não foi o que aquela cantora de inferninho andou dizendo para os jornalistas.

Otaviano fez uma pausa significativa.
No começo, o jovem imaginava que o patrão fosse tratar daquele assunto, mesmo polêmico e inusitado, com distanciamento. Mas não, seu discurso ganhou um tom pessoal, intimista. Afinal, ia percebendo, o patrão não era só testemunha, era sim personagem de uma história que, parecia, tinha acabado de lhe acontecer.
– Por que aquele pacote, moribundo, Juliano, foi desabar logo na frente da minha janela! Tenha paciência! – Não se conteve Otaviano para, em seguida, endireitar o caminho da prosa.
– Mas antes que passe a considerar mais detalhes do sórdido episódio, daquele 06 de agosto de 1955, vou relatar, meu rapaz, o que ocorreu na noite anterior à morte do estrangeiro, sem o que o assunto resulta falto do devido contexto.

Havia eu marcado de me encontrar com o fotógrafo Manuel Fernandes, ele homem casado, mulherengo de profissão, sempre a arrumar desculpas para passar as noites nas ruas de Curitiba, à época uma cidade com ares de pequena metrópole, como todos gostavam de acreditar. Havia marcado com ele de dar umas bandas lá pelos lados da Praça da Estação, eu homem sério, noivo de aliança com Glorinha, e obrigado a ter de inventar uma história não sei se das mais convincentes para poder me despedir da vida de solteiro.

Era, na época, um jovem sem grandes ideais, restrito ao ambiente doméstico e provinciano, pois que havia conseguido um emprego de fiscal na Receita. Enfim, me achava um cara bem arranjado e com a tão sonhada estabilidade financeira. Vivia sozinho num apartamento amplo, recém-construído, e comprado com dinheiro da herança familiar, onde pretendia continuar vivendo na companhia de Glorinha. Era um sujeito que compartilhava, digamos, o progresso da minha cidade.

Já naquele tempo me meti em companhia da literatura por passatempo e, embora sendo um sujeito conhecedor de suas limitações, sonhava um dia escrever um livro. Era um projeto para o futuro, pois naquela época só pensava em ter boa vida com a mulher que havia escolhido. Meus pais tinham acabado de se mudar para o Rio de Janeiro. Lá, resolveram adotar um outro estilo de vida, mais afeito aos modos da capital do país, deixando como herança pra mim, filho único, esse apartamento e outros imóveis de aluguel. Sempre vivi aqui, no centro, e as melhores lembranças que guardo são as andanças pelo Largo da Ordem nos tempos de menino.

O fotógrafo Manuel Fernandes passou no horário marcado. Lembro que era uma noite fria, porém agradável. Meu fiel amigo apareceu de sobretudo, engomadinho, o cabelo brilhoso, jeito serelepe e, como sempre, mal intencionado. Tratava-se de um sujeito de baixa

estatura, mirrado, mas muito esperto, com aquele jeitinho nervoso que o tornava engraçado.
– Está preparado para uma noite de aventuras? – veio Manuel Fernandes em minha direção, me atropelando, de propósito, com os ombros. Vesti a melhor roupa que pude e lá fomos nós pela noite curitibana, no Chevrolet BelAir azul conversível, recém comprado pelo amigo.
– O que achou? Uma pérola, não é mesmo? – gritou Manuel entusiasmado.
– Fantástico! – resumi, me acomodando ao seu lado, ele já dando a partida.
Rumamos primeiro à Praça Tiradentes, um anúncio em neon da Cinzano no topo do prédio ao lado da catedral, depois Manuel tomou a direção da Cinelândia. Passava das oito da noite, o burburinho era interminável, um grande desfile pelas ruas de jovens em busca de diversão e romance.
– Abaixe no banco, se não quer ser visto comigo – brincou Manuel Fernandes. E era sempre assim quando saía com amigos que não podia se comprometer. Ele, no entanto, já não causava qualquer surpresa: era visto com frequência passeando pela cidade à noite sem a companhia da esposa, Adelaide.
Não era pra tanto. Depois de circular pelo centro, o Chevrolet azul estacionou em frente ao Buraco do Tatu, onde reinava a cumplicidade masculina. Lá encontramos o José de Freitas, da Farmácia, o velho Armindo, frequentador assíduo do restaurante e o João Fontana, empresário do ramo de bebidas. Entoamos uma boa conversa sobre a safra de café, as obras da nova capital e as fofocas do dia a dia. Digamos, cumplicidades masculinas. Eu pedi ao garçom uma dose de Cuba Libre, Manuel Fernandes uma cerveja.

Sempre tive uma queda pelo desconhecido. Gostava de imaginar me jogando num universo escuro, amedrontador. Ao contrário de Manuel, para quem a vida não traçava rodeios; ele ia direto ao ponto, sem se importar com as questões de ordem física ou moral. Eu, ao contrário, todo pudores. Tudo era um mistério a ser desvendado e esse universo me atraía naqueles idos anos de juventude e, por conta disso, procurava me manter longe dele, para o meu próprio bem, acreditava.
Mas aquela seria outra noite. Esperava que o poço escuro me absorvesse e eu pudesse vivenciar esse novo espaço de vida como num sonho e, assim, não foram poucos os goles de Cuba Libre que tomei no Buraco do Tatu antes de chegarmos ao entorno da Praça da Estação. O letreiro neon verde, piscando na fachada, e na porta apareceu um sujeito grandalhão, cerimonioso, que nos levou rapidamente para dentro do inferninho, cheirando ao doce perfume do sexo e da fantasia.
Lembro-me como se fosse hoje quando dentro da Boate Paris me deparei novamente com o forasteiro, aliás foi a primeira pessoa que vi, sujeitinho espalhafatoso, sentado em companhia de Elisa, meu amor platônico dos tempos de menino. Não imaginava encontrá-la ali, mas ao que parece ela não se importava com a honra da família. Era a cantora da boate, usava batom vermelho, pintura pesada, e pouco lembrava a garota da infância, das minhas andanças pelo Largo da Ordem. Convidei Manuel Fernandes para nos acomodar numa mesa o mais distante do palco e do centro das atenções. O que ele acordou imediatamente, pois sabia que já era uma grande conquista ter me tirado de casa para programas que deixei de frequentar depois do meu namoro com Glorinha.
– Algum problema? – indagou Manuel ao me ver constrangido.
– Tá vendo aquela moça perto do palco, com aquele cara estranho?

— *Sei, conheço ele, o tal do estrangeiro. Mas ela...*
— *Não reconhece?*
— *Não...*
— *Repare bem.*
— *Hum... Já vi essa mulher, sim, em algum lugar. Mas não é a Elisa? Achei que não estava mais em Curitiba, depois daquele escândalo todo...*
— *Pelo visto, resolveu envergonhar mais uma vez a família.*
— *Você já teve uma queda por ela. Lembra?*
— *Isso faz muito tempo.*
— *Continua bonita. Mas tá com cara de puta, meu amigo* — *arrematou Manuel Fernandes, dando-me tapinhas nas costas.*
Não tardou, as luzes da boate se apagaram e um céu estrelado brilhou no teto. Próximo ao bar, um sujeito de fraque entrou no foco de luz: "Prezados cavalheiros. Ouviremos agora a voz apaixonada e sensual de uma das maiores cantoras do Brasil. Com vocês, Dulcina Negromonte!". O foco de luz, desta vez, voltou-se para uma mulher alta, esguia, de vestido brilhante, as pernas sobressaindo na abertura lateral. Com rosas vermelhas nas mãos a grande estrela daquela noite fria, curitibana, cantou La vie en rose, de Piaff. Não via mais a menina meiga e feliz da minha infância, mas uma mulher bela e tristonha, em busca da própria liberdade.

— Por ora chega, acabou a inspiração. Sim, ainda acredito nisso. E você, Juliano, já se apaixonou? – indagou o velho Otaviano, sufocado pelas memórias, tentando mudar o rumo da prosa, mas pegando o jovem de surpresa.
— Curti uma menina, coisa de infância... – respondeu timidamente.
— Digo, depois de adulto, Juliano...

– Tenho umas garotas...

– Um dia vai se apaixonar – continuou o patrão ao ver que o estudante não queria falar de sua vida. E avançou:

– Vi no seu currículo que faz faculdade de Letras. Me diga francamente rapaz, por que está aqui?

– Vim do interior e preciso me manter.

Na verdade Juliano sonhava alto e precisava de dinheiro, por isso aceitara a encrenca.

– O que está achando do trabalho?

– Normal. Digito, como está no contrato – respondeu, assertivo.

– Como está no contrato... Entendi. Não sou assim tão ranzinza, rapaz, e acho que vou me dar bem com você.

– Acho que sim – respondeu Juliano, olhando o relógio.

– Já é meio-dia, sei... Quero que guarde segredo sobre o meu livro...

– Também está no contrato.

– Eu sei, tento apenas um pouco de cumplicidade...

O rapaz não respondeu. Já havia deixado o computador, assumindo rapidamente o comando da cadeira de rodas.

– Onde o senhor quer ficar?

– Pode me levar pra sala, perto do sofá.

Juliano pegou a bolsa de couro, coçou a barba espessa e se despediu. Com a ajuda de Alzira Otaviano sentou-se no sofá, onde Boris remexia leniente. E não demorou para o gato atacar a única mão que conseguia algum aceno.

– Seu filho da puta! – deixou escapar Otaviano, empurrando o animal.

Boris insistiu. Se encostava no dono, dando pequenas e rápidas mordidas no braço de seu dono.

– Me ataca até para pedir carinho. Por isso, dizem que os gatos fazem escravos de nós. Estou à sua disposição seu bichano.

Pulando no colo de Otaviano Boris se aconchegou. Assim permaneceram até Alzira colocar o almoço.
No final da tarde, Otaviano recebeu o velho fotógrafo Manuel Fernandes. Sempre chegava sem avisar, geralmente no mesmo horário. Não tinha boa saúde, com dois infartos pouco lembrava o jovem cheio de vida dos anos 50. Mas não perdeu o jeitinho nervoso e brincalhão.
– Quem é o rapaz que vem te visitar, meu amigo? – Perguntou de chofre Manuel Fernandes.
– Então já está sabendo...
– Pense, que a gente ainda vive numa província. Me contaram que toda manhã um rapaz magro e barbudo vem aqui.
– O que acha? Que fazendo programa com rapazinhos...
– Não sei. Pode ter mudado de ideia – debochou Manuel Fernandes.
– E se eu não disser, se mantiver o segredo?
– Não será por muito tempo, vou descobrir.
– Está morrendo de curiosidade... No nosso acordo de amizade não está escrito que devo dizer tudo o que acontece comigo.
– Tá bom, não vou insistir.
– Mas vou te dizer, sim. Dia menos dia vai ficar sabendo, melhor que seja por mim. Afinal você também está envolvido na história...
– Está brincando – espantou-se Manuel Fernandes, olhando fixamente para Otaviano.

– Não estou não! Eu resolvi escrever um livro sobre o fato mais extraordinário da minha vida. E contratei o rapazinho para digitá-lo.
– Não vai me dizer que...
– É justamente o que está pensando.
– Mas isso foi resolvido pela polícia, não é conveniente voltar ao passado.
– Pra mim é. Quero dar a minha versão nisso tudo. Eu nem falei o que sabia pro delegado.
– E resolveu se expor agora, depois de velho...
– Tenho esse direito.
– Mas não é razoável, está louco. O que vai expor no livro?
– Ficará sabendo...

Manuel Fernandes custava a acreditar na atitude de Otaviano, pois que também escondeu certos fatos para a polícia acerca da morte daquele estrangeiro.

– Quando pretende publicar essa história?
– Fique tranquilo, não vai ser agora. É pra posteridade. Estou fazendo um exame de consciência. Você sabe que sou um cristão convicto e não posso morrer com essa mancha, ironizou.
– Confia nesse rapaz?
– Existe um contrato assinado, ele terá de cumprir.

Pela primeira vez, Manuel desconfiou do amigo e isso lhe deixou magoado. Mas não perderia a chance de tentar amenizar ou até colocar em xeque a confiabilidade dos relatos de Otaviano. Não queria novamente se expor.

– E se não derem bola pro seu relato? Será apenas mais uma versão da história daquele forasteiro babaca, completamente descontextualizada, depois de todos esses anos...

– Não me preocupo com os outros, mas com a minha consciência. Veja, será a minha primeira obra de ficção, aquela que em toda a minha vida tentei escrever e não consegui.
– Agora chegou ao ponto central. Uma obra pessoal, de ficção. E assim quer me deixar mais tranquilo...
Manuel Fernandes não quis dar mais trela à conversa. Tonto, com aquela história toda, nem esperou pelo cafezinho de Alzira. Otaviano ainda chegou à janela e pôde ver Manuel Fernandes dobrar devagar a esquina, agora um homenzinho encurvado, cabisbaixo. Àquela altura, os comerciantes cerravam as portas das lojas, pois já passava das seis. Dois rapazes esquálidos negociavam pedras de crack sob o olhar indiferente dos passantes. Suzy, a cadelinha abandonada, dormia em sua caixa de papelão do outro lado da rua, o mundo era apenas o que era e ele não acreditava em nada. Não haveria mais salvação a não ser, quem sabe, pra a sua alma. Um velho melancólico e frustrado! Cada um que cuidasse de seu próprio umbigo. Vida melhor tinha o Boris, enrodilhado no sofá, num sono profundo e despreocupado.

III

Otaviano acordou com as unhas de Boris cravadas nas suas costas. Era só amanhecer, os pássaros cantarem, para o gato pedir atenção. Tinha que sentar na cama porque senão Boris derrubava o que havia em cima do criado e, se deixasse, era até capaz de abrir as cortinas para entrar a luz do sol. Já estava acostumado. Como de costume, chamou Alzira para ajeitá-lo na cama, até ser colocado na cadeira de rodas.

Alzira saiu empurrando e Boris serelepe na frente, para receber sua ração diária. Depois, o gato subiu no peitoril da janela para observar a rua. O ruído dos primeiros ônibus deu algum sinal e o ar leve da manhã era um convite a pensar em nada. Juliano não tardaria. Deu tempo de Otaviano tomar café com Alzira. Minutos depois, chegou o sonolento rapaz, devia ter passado a noite em claro, pensou Otaviano ao observar suas olheiras.

Com profissionalismo, cumprimentou o patrão, sentou-se ao computador e ficou à espera.

– Não quer tomar um café antes de começar?

– Aceito – respondeu Juliano, ainda meio distante.

Otaviano chamou Alzira. Ela trouxe uma xícara de café com leite e bolo. Juliano comeu com vontade e parecia despertar, agora com ânimo, para cumprir a tarefa do dia.

– Onde paramos?

– O senhor estava falando ontem de Dulcina Negromonte, lembra, ela tinha sido chamada ao palco...

– E vou te dizer Juliano, estava linda, mesmo com cara de puta, como não cansava de repetir o Manuel Fernandes. Sabia que ela foi o meu amor de infância? – indagou Otaviano, buscando intimidade.

– O senhor já falou sobre isso – respondeu ansioso Juliano, pois não via a hora de continuar a ouvir aquela história, mesmo que fragmentada, mesmo sendo as memórias de um velho burguês, católico não praticante, atormentado por uma ideia fixa. Deus te livre, leitor, de ideia fixa. Disse de si pra si, lembrando a Machado. Otaviano ajustou a voz, interrompendo os pensamentos do rapaz. E retomou sua narrativa naquela manhã de outono de 2012, recordando os idos anos de sua juventude nos anos 50, com Dulcina novamente em cena.

Pois bem. Dulcina Negromonte era atração da noite e muitos jovens e senhores da capital e do interior iam à Boate Paris só para ouvi-la cantar. Com ela no palco, reinava um silêncio de catedral, eles quietos, e ela se movia como uma serpente, uma mulher apaixonada, voz forte e melancólica, dona da noite, e te juro, não me contive: sem hesitar embarquei naquele universo pela primeira e única vez sem ter um porto de chegada.

Trazia nas canções o que muitos entre aquela gente, mulheres de vida nada fácil, homens em busca de prazer e compensação às amarguras do cotidiano, de amores perdidos, e Dulcina repassava no repertório

canções de ídolos nacionais, mas o auge, o momento mais esperado do show, era quando interpretava La Vie en Rose, pois que ainda estavam presentes na memória de todos as atrocidades da última guerra, embora procurasse fazer da canção um hino feliz.
Após o show, a cantora retornou para a mesa onde se encontrava, sozinho, o estrangeiro. Durante o espetáculo, ele não tirou os olhos dela: desejo e admiração. O meu amigo Manuel Fernandes já estava pra lá de bêbado e não sei por que cargas d'água disse que queria me revelar um segredo. Ele pegou-me pelo braço e falou bem ao meu ouvido por causa do barulho.
– Meu amigo, sabe que posso confiar em você... não suporto esse sujeitinho. Se pudesse, dava sumiço nele. Tem cara de gigolô. Veja como se comporta...
– E o que o seu segredo tem a ver com esse forasteiro? — quis saber.
– A verdade? – berrou Manuel com os olhos injetados e voz arrastada
– Sigo esse gigolô, desde que vi o infeliz na Estação, lembra?
– Hum!.. O que quer com ele?
– Comecei a seguir esse sujeitinho para saber qual era a sua verdade...
– E o que descobriu?
– Muita coisa e o que não devia também.
– Conta, estou curioso!
Animado, Manuel me revelou seu segredo.

– Era um dia como outro qualquer, estava eu retocando no meu estúdio as fotos de uma cliente insatisfeita, quando resolvi ir até a sacada para olhar o movimento da rua. Foi quando deparei, no meio da multidão, com a figura daquele homem, de terno branco, moreno alinhado, chapéu panamá e maneira de andar bem diferente dos daqui. Tinha um gingado amolecido, malandrinho, e usava uns óculos escuros que jamais se poderia encontrar nas nossas melhores

casas do ramo. Era o sujeito que vi na estação quando da chegada do governador, depois de se encontrar com o presidente da República no Rio de Janeiro. Deixei os afazeres, desci a escada correndo e, sem que ele percebesse, passei a segui-lo. Não demorou muito, ele entrou no Café Belas Artes. Lá dentro, o esperava um homenzinho gordo, calvo e bochechudo, que levantou para cumprimentá-lo. Me sentei numa mesa pouco distante e, pelo que percebia, os dois homens tratavam de negócios. O forasteiro abriu a pasta e lhe mostrou alguns catálogos, não pude ver do que se tratava. A conversa durou alguns minutos. Depois deixei o café e voltei para os meus afazeres. Mas não me faltaram outras oportunidades de segui-lo. Numa delas, descobri que o indivíduo hospedava-se no Palace Hotel, na rua da Liberdade, bem próximo do meu estúdio fotográfico. Assim, sempre que podia o espreitava e pude perceber que, após o almoço ali pelas redondezas do centro, ele cumpria suas obrigações pessoais, como ir ao banco, fazer pequenas compras e, de vez em quando, uma vez por semana, encontrar-se com o seu comparsa no Café Alvorada, no Senadinho, pelo menos era o que eu achava. Certa vez, o acompanhei mais de perto. Era uma tarde chuvosa. Tive que me esgueirar entre os passantes, jornaleiros, vendedores de loterias, debaixo das marquises das lojas para não ser visto. O que realmente facilitava as minhas investidas era o fato de o Café se localizar ali na XV, tudo muito próximo, não precisava percorrer longas distâncias. Deixei minha mulher tomando conta da loja, com a desculpa de resolver um problema no banco. O Café, naquele dia, apesar da chuva, estava lotado. Procurei me acomodar o mais próximo dos dois. Lógico, fiquei com medo de me descobrirem. Mas era a única maneira de tomar conhecimento do que se passava. Não dava para ouvir totalmente o que diziam, as palavras me chegavam picotadas, esparsas, apesar disso pude compreender que o estrangeiro mostrava-

lhe um catálogo de bebidas, que estabelecia os preços e que anotava o que era de interesse do seu cliente. Explicou como ia fazer para que a mercadoria chegasse com segurança na cidade e prometia boa qualidade. O homenzinho atestava afirmativamente com a cabeça. Após o término da negociação, os dois passaram a conversar sobre outros assuntos que não pude entender muito bem, sorriam, cúmplices e não demorou muito para deixarem o local. Notei que outras vezes a conversa também se deu no Palace, provavelmente para não levantar suspeitas. E outro dia vi ele entrando no Edifício São Paulo, pois que além de contrabando é metido com muitas mulheres e você sabe a fama que tem aquele local... Talvez seja até para encontrar com a nossa cantora Elisa, ou melhor, Dulcina Negromonte...
– Não pensou em denunciá-lo?
– Passou pela minha cabeça, mas não quero me envolver...
– É por isso que não gosta do sujeitinho.
– Não é só por isso, não.
– As suas histórias de perseguição continuaram?
– Infelizmente sim. Sabe que além de tudo o forasteiro é um perfeito Dom Juan e fica assediando não só as putas, mas também as mulheres da nossa sociedade. Algumas que você nem imagina – disse Manuel Fernandes muito sério.
Não me contive, soltei uma gargalhada.
– Taí, você um playboy, casado, e preocupado com a moral das mulheres da nossa sociedade! Achei que fosse mais avançadinho...
– Isso me irrita profundamente porque são pessoas do nosso convívio!
– Ninguém obriga ninguém a fazer o que não quer – arrematei para deixá-lo ainda mais nervoso.
– Ele tem uma boa lábia. É um grande sedutor.
– E o que viu para te deixar tão preocupado?

— Esse sujeitinho conversando outro dia com uma mulher, nossa conhecida, a Clarinha, mulher do Chico, e depois me deparei com ela entrando no Palace Hotel. Não dá para imaginar que uma mulher daquela ande com esse forasteiro, sem eira nem beira, uma mulher religiosa, cheia de moral.
— E o que mais? – perguntei cada vez mais envolvido com a narrativa do meu amigo Manuel.
— Ela chegou bem vestida e ficou pelo menos uma hora no Palace Hotel. Precisa ver a cara dela de felicidade ao sair! Me deu uma vontade danada de espalhar pra todo mundo, ali no meio da rua que ela estava de traição com o marido. Vi outras mulheres de nível com ele também.
— Mas parece que a preferida dele é a Elisa ou Dulcina.
— Algum problema nisso?
— Nenhum – respondi desconcertado.

Os sinos da Catedral registraram duas badaladas e Otaviano imaginou o amigo no velho estúdio, ruminando reminiscências após o encontro dos dois. Ali, Manuel não atendia mais o público; ninguém precisava mais de seus serviços. Mas manteve o estúdio do mesmo jeito. Assim podia atender amigos e antigos clientes que queriam recuperar ou colorizar fotos de comemorações importantes da família. E ele a chance de novamente se meter na escuridão do cubículo, e com a lanterna na mão iluminar pequenos excessos nos retratos, a beleza e as imperfeições: segredos que só ele conhecia e Manuel Fernandes era, a exemplo de Otaviano, um homem fora de seu tempo, avesso às novidades da tecnologia.
No fundo, estava pra lá de preocupado com toda aquela história. Logo agora que já tinham deixado ele em paz, depois

de permanecer nos holofotes da província por muitos anos, como marido farrista e boêmio! Cara egocêntrico, o Otavinho! Para Manuel, o estúdio não era apenas local de trabalho, mas um ambiente nostálgico; um universo primitivo e ao mesmo tempo futurista, inundado por aquela luz vermelha, um mundo sanguinolento, onde emergiam rostos, sonhos ou a dura realidade como revelação: os tanques de preparo, a estante com todo o arsenal químico, papéis fotográficos.

Naquele espaço, Manuel Fernandes movia com prazer e não poucas vezes ainda se surpreendia com a foto ganhando os primeiros contornos ao mergulhar o papel branco no recipiente da água também avermelhada, gelatinosa. Pegou novamente a lanterna, mirou o velho armário de aço, alcançou o puxador e abriu devagar a gaveta. Um ato impensado, preciso. O primeiro, o segundo envelope e uma sucessão deles vieram e ele sabia qual buscar, como das muitas vezes em que olhou para aquelas fotos com um misto de prazer e dor.

A ordem de catalogação, inclusive, seguia uma lógica, a começar pelas fotografias esquecidas, propositalmente ou não, mal reveladas ou colorizadas, as festividades na capital, as fotos descartadas por excesso de produto na coloração, pelo tempo exposto, e lá no final, os envelopes daquelas que retrataram as andanças do estrangeiro por Curitiba em meados da década de 50; seus encontros com o comparsa nos cafés e confeitarias, depois com a cantora Dulcina Negromonte e outras mulheres e do dia em que apareceu morto na Alameda Dr. Muricy.

Melhor não abrir os envelopes. Me preservar, pensou Manuel Fernandes ao lembrar de quando viu o estrangeiro caído morto na Alameda Dr. Muricy, no centro de Curitiba, fato que, inclusive ele relatou à época em depoimento para o delegado. Ele

fora intimado após ser citado num depoimento de um garçom da Paris que disse que ele era o homem que deixou a boate com a cantora Dulcina Negromonte um dia antes da morte do forasteiro.
– Saí com ela, sim senhor, mas apenas como amigo e cliente, conhecia a Elisa dos tempos de criança.
– Pra onde vocês foram?
– Pra um hotel... Mas desculpe, isso vai sair nos jornais... Vai pegar muito mal pra mim.
– O que fazia no dia da morte do forasteiro?
– Passei o dia todo no meu estúdio, trabalhando. Mais pro fim da noite, cansado de ficar em casa, decidi dar uma volta para esfriar a cabeça.
– Continue...
– Foi quando avistei o sujeito caído na calçada e gente chegando.
– Teria algo mais a acrescentar?
– Não. Só queria consignar que não matei o forasteiro.
– Sem mais perguntas a fazer, o delegado deu por encerrado o depoimento.
As lembranças retornavam e Manuel Fernandes não resistiu. A foto amarelada saltou da gaveta e o estrangeiro surgiu na sua frente como naquele 06 de agosto de 1955. Não mais como um jovem atraente, engomadinho, conquistador; mas um fiapo de gente em estado terminal e Manuel lembrou que sentiu inconfundível prazer em fazer a foto. "Que morra seu desgraçado", teria pensado no momento do clic, para depois se dar conta de que o inimigo finava bem em frente ao apartamento do amigo Otavinho. Olhou para o prédio, e viu uma janela se fechando devagarinho. Então era pra ele a encomenda.

Na verdade, o que Manuel Fernandes não admitia era que um homem desconhecido pudesse chegar à sua cidade e desestabilizar as relações familiares. A começar por Elisa – que, apesar de sempre ter sido uma menina independente e de nariz empinado, jamais poderia ter sido empurrada para aquele tipo de vida — e em relação às outras mulheres de seu convívio. O maldito teve o fim que merecia, pensou ao colocar a foto no envelope. Depois deixou o estúdio, abriu a porta da sacada, máquina em punho, há pouco tinha avistado uma outra rua... o tempo era mesmo implacável.

IV

"Vou confessar. Não sabia que escrever é vivenciar constrangimentos. Talvez, por isso, tenha adiado essa hora, essa conversa, pois já previa o resultado desse desafio. E, por mais que tudo que peça pra Juliano digitar no computador tenha acontecido, a impressão é que estou tratando de uma narrativa fantasiosa. Só queria torná-la verdadeira. Por isso, tenho medo de me envolver nesse terreno movediço, nessa infelicidade necessária, porque sem isso não existiria em mim vida, desejo. Sinto que tenho que vivenciar essa história novamente, agora na pele de um homem que ultrapassou a curva dos 80 anos. Uma volta num tempo bem diverso de quando o passo seguinte estava provido da marca do inesperado. É isso, o inesperado que não mais me acompanha. Porque tudo na velhice é previsível, falso, artificial e, ao mesmo tempo, tão necessário. Ao fazer esse balanço, vejo que pouca coisa fora do comum vivi nesses 80 anos, a não ser a experiência do trágico naquele dia fatídico de 06 de agosto de 1955. E que me acompanha como uma segunda sombra; aderiu ao meu pensamento e sei que falando, narrando tudo isso, estarei livre, poderei morrer em paz e isso talvez justifique

essa minha obsessão pela escrita, pela ficção que sempre me acompanha. Estou por deveras cansado. Acabei de acordar e não há força suficiente nos meus músculos, na minha voz. Poderia tornar-se esta névoa que povoa a cidade; é dela que preciso e não de me arrastar feito um mastodonte pela casa, ser guiado, também com essas malditas pernas paralisadas! Daqui a pouco Boris me chama para sua companhia e Alzira já está na cozinha preparando o café, como todos os dias, neste mesmo horário. Basta que amanheça, para que tudo comece novamente: o grito do leiteiro, o jornal sendo colocado debaixo da porta, Suzy dando os primeiros latidos e esse maldito barulho dos urbanos. Será sempre assim. Estando eu aqui ou não para presenciar o absurdo do dia a dia. Nada de novo, de extraordinário para acontecer. Se de repente a vizinha se atirasse do décimo andar, uma bomba explodisse na avenida, mas nem mesmo o vento sopra com fúria. E eu me resguardo aqui nesta cama a espera de Alzira, com a alma dilacerada, sofrendo por nenhuma dor que doa. Se eu morresse agora, o leiteiro nem ia dar conta, o jornaleiro continuaria gritando a plenos pulmões... "Olha o Diário! Olha o Diário!" Seria apenas mais uma noite de sono, mas gostaria de ter tempo para terminar o que comecei, pois não sou homem de deixar uma história pela metade, mas agora não, vou pedir a Alzira para despachar Juliano, pois que estou com as ideias atravessadas, o peito apertado e duas mãos fortes buscando qualquer reação. Tudo parece seguir o sentido inverso, permaneço prostrado. Não quero ver a luz do dia, hoje não, se puder que Alzira me traga aqui mesmo o café, que mantenha as cortinas do quarto fechadas e que me deixe em paz. Paz, pelo amor de Deus".
Alzira sabia que nesses momentos era melhor atender aos apelos de seu Otaviano e deixá-lo sozinho. Mas enquanto não ouvia o chamado do patrão, ocupava-se dos seus afazeres. A mulata de

baixa estatura e franzina mais zelosa para com a limpeza da casa que já se viu. Mesmo sem saber o porquê, sentia-se em débito com Otaviano. Bem, chegou com 30, agora tinha 60 anos e não sabia mais viver sem a companhia do velho, de quem cuidava com fidelidade canina.

Tinha acabado de passar o café quando ouviu o grito do patrão, atravessando toda a extensão da sala, vindo do quarto.

– Bom dia, seu Otaviano, seu café!

– Bom dia. Pode colocar aqui.

Alzira deixou o quarto, Otaviano comeu pouco e voltou a se esconder em seu pequeno mundo. E assim permaneceu durante todo o dia. Pensava em Glorinha. Atenciosa, era uma mulher dedicada às causas mais nobres; cristã assídua como poucas. Não, não se conformava em tê-la traído naquela noite antes do casamento. Tinha remorso. Se viva estivesse, Glorinha seria capaz de perdoá-lo?

Ela buscava a perfeição em tudo, muitas vezes exagerava para que ele se sentisse confortável e feliz no casamento. Talvez para dissuadir de sua verdadeira natureza, se anulando, aceitando sua condição de esposa cuidadosa, virtuosa. Gostava disso, mas sempre temeu pelo grande senso de dignidade da esposa. Isso o obrigava a agir do mesmo modo, ele que havia ultrapassado a linha da traição. Entre eles havia um pacto declarado na igreja e outro não dito na rotina do casamento. Era o que importava, o consenso. No fundo, os papéis e lugares de cada um na intimidade e na vida social estavam bem definidos.

– É um ato de confiança? – um dia ela lhe perguntou, por acaso, depois do almoço. Ela queria saber, na verdade, se teria sua atenção depois que a doença tomasse conta do seu corpo: estavam marcadas as primeiras sessões de quimioterapia. Otaviano prometeu que ficaria a seu lado, acontecesse o que acontecesse, e não poderia fazer outra coisa, pois amava com admiração aquela mulher, a quem depositou o seu ideal de felicidade.

Admirava os seus gestos suaves, medidos; a maneira com que se encantava com tudo relacionado à vida do casal. Chegava a transformar situações as mais óbvias em pequenas surpresas para, assim, dar a cada coisa uma importância que não tinha. Para ela, Otaviano estava a par de tudo isso; o essencial era garantir o ideal de felicidade consentido por ambos e, disso, ela também sabia e não podia abrir mão.

Para viver com Otaviano na Dr. Muricy, Glorinha exigiu que os móveis de seus pais fossem retirados para dar lugar aos novos, mais modernos, precisava colocar sua marca pessoal, ocupar o território. Comprou todas as novidades apresentadas pelo mercado. Uma enceradeira elétrica, móveis funcionais, geladeira vermelha: modernidade. Otaviano apenas era avisado da escolha, sem dela participar.

Naquele início de casamento vivia a estabilidade no emprego e no lar e até esqueceu, por algum tempo, o episódio ocorrido com Elisa e o estrangeiro.

O apartamento era amplo, de quatro quartos. Na parede um Guido Viaro que herdara da família e flores espalhadas pela sala. No escritório, as coleções de escritores brasileiros e da literatura universal preenchiam várias estantes. Um dos quartos foi destinado às visitas e para acolher os pais de Otaviano quando de férias em Curitiba. Foram mais de 30 anos juntos. Otaviano saía cedo para trabalhar na Receita, Glorinha cuidava da casa e ajudava quando podia padre Germano na Catedral. Acompanhavam todas as noites a novela no rádio fonógrafo, iam dançar nos bailes do Thalia e nunca deixavam de frequentar as missas no Catedral nos fins de semana. A não ser quando saíam de férias.

Quando a doença deu os primeiros sinais, Glorinha não quis preocupar Otaviano, mas ele notou que ela não se entusiasmava mais com as pequenas coisas, nem podia ser diferente. Numa segunda-feira recebeu o diagnóstico. As dores fortes no estômago eram, sim, provocadas pela doença maldita.

Glorinha entrou em pânico. Otaviano tinha acabado de chegar do trabalho quando a esposa pediu para que ele sentasse no sofá antes de mostrar o resultado. Não havia o que dizer. Otaviano deu-lhe um abraço e ela perdeu o chão. Nunca a tinha visto naquele estado, nunca tinha sido tão franca.

– Não há qualquer chance.
– Não é bem assim...
– Não serei otimista. Não esperem isso de mim.
– Vamos procurar o melhor especialista.
– Não quero hospital.
– Será como quiser…
– Você perdoa?
– Mas de quê?
– Por desmanchar o nosso pacto de felicidade.

Otaviano por pouco não revelou à mulher o episódio envolvendo a morte do estrangeiro. Talvez ela o perdoasse. Mas não podia intensificar ainda mais o sofrimento da mulher e se calou. Glorinha, por sua vez, cumpriu o prometido. Com o avanço da doença, proibiu as visitas, não suportava que as pessoas acompanhassem a sua decadência física. Alzira foi contratada para ajudar Otaviano que, já aposentado, pôde se dedicar mais à esposa. Aqueles foram os piores anos de sua vida, recordou

Otaviano antes de sonhar com Glorinha, depois daquele dia dedicado somente a ela, do começo ao fim.

V

No dia seguinte, o velho Otaviano acordou mais disposto.
– Me deixe ali na janela – pediu o patrão.
– Posso colocar o café? – Pode.
Alzira o levou para o desjejum na cozinha.
Juliano foi recebido com um sorriso largo. Isso deixou o rapaz perturbado. Jamais tinha visto o patrão assim.
– Achou que dispensaria seu serviço, rapaz? O velho aqui esteve longe desse mundo, mas voltou para continuar a nossa história. Digo a nossa história, porque ela também te pertence, és cúmplice desses fatos – sentenciou Otaviano, para estranheza do rapaz.
Os dois se dirigiram ao escritório e o velho Otaviano, sem muito pensar, deu continuidade à narrativa, cujo cenário era o ambiente febril da Boate Paris, no centro de Curitiba.

Dulcina Negromonte voltou ao palco mais uma vez e Manuel Fernandes insistia em relatar suas investidas na perseguição ao forasteiro. A certa altura, já sentada à mesa com aquele gigolô (pois era o que eu acreditava de sua a relação com o sujeito), ela percebeu a minha presença.

O clima ia esquentando no inferninho. Luzes coloridas refletindo em dois palcos laterais, o céu estrelado no teto da boate girando, enquanto duas stripers balançavam seus corpos sob os olhares ávidos dos clientes. Observando novamente Dulcina percebi que o casal começava uma briga: o estrangeiro a segurava brutalmente pelo braço. Ela tentava se soltar e me olhava com cumplicidade. Com esforço escapou e eu a vi correr em direção à porta de saída da casa noturna. Era de se esperar, mas o gigolô não esboçou qualquer reação, permanecendo com expressão de ódio e desdém, sentado na mesa tomando reiterados uísques.

Vendo-a passar, transtornada, não sei por que cargas d'água deixei Manuel Fernandes falando sozinho, e passei a segui-la do lado de fora da boate. Ela caminhava pela rua vazia, e já passava das três da madrugada, até acenar para um táxi em que eu, decidido, adentrei junto.

– O que você quer comigo? – perguntou Dulcina nervosa.

– Não é de bom tom deixar uma mulher voltar sozinha pra casa a uma hora dessas. Espero que não se importe.

– Não me importo não, Otavinho – respondeu Dulcina, agora agradecida, com os olhos chorosos, a maquiagem borrada – É sempre assim com aquele troglodita. Um dia acabo com a raça dele – completou. Sem me dar por conta, eu a abracei e vi que era daquele abraço que ela precisava. Um abraço do seu antigo mundo, um abraço companheiro.

– Não posso voltar pra casa – disse baixinho, em confidência.

– Eu não posso levá-la pro meu apartamento. Terá que ficar num hotel...

– É o que o pretendo fazer até pelo menos o dia clarear.

O carro estacionou em frente ao Hotel Paradiso.

No quarto, pra mim, Dulcina virou Elisa, a menina de personalidade que se impunha nas discussões e nos jogos das turmas. Seu rosto impositivo, de olhos pequenos em azul profundo, a pele branca contrastando com o batom... perdi a noção do perigo. Me entreguei sem reservas. Beijei sua vasta cabeleira marrom, e não importava ali se ela era uma mulher da vida, o escândalo da cidade, e me entreguei por paixão, nossos corpos unidos, unimo-nos com furor até o fim da noite.

Depois do gozo, aceso o cigarro, aqueles olhos profundos me fixaram. Percebi que ela não era uma mulher feliz, mas que aceitava com rancor e nobreza o seu destino. Depois o rosto ganhou uma nova expressão, agora confiante, aí ela iluminou um delicioso sorriso, passando a mão devagar no meu cabelo.

– Otavinho... Era assim que a gente chamava o menino acanhado, bem arrumadinho e estudioso.

Nunca havia visto Elisa assim tão de perto. Nem quando éramos crianças. Agora de azul cobalto, os olhos cheios de mistério faziam lembrar de quando víamos os cavalos a beber água, bem ao centro no bebedouro do Largo da Ordem, enquanto seus donos vendiam produtos vindos dos arredores, e o centro daquele vasto mundo hoje parecia muito menor diante da grandiosidade de tudo que tinha visto e aprendido na vida.

Observava Elisa, acompanhada pela família, de vestido branco, armado, nas festas do Largo. Depois, ela foi tomando corpo e, na adolescência, já era dona de seu próprio nariz.

– Sabia que fui apaixonado por você na infância? – disse rapidamente.

– Tive esse pressentimento...

– Fiz até algumas bobagens.

– Não soube de nenhuma.

— Nem precisava.
Agora Dulcina acende outro cigarro. Tinha colocado o sutiã e a calcinha e eu a julgava uma mulher com alguma classe, embora ela tentasse ao máximo parecer vulgar.
— Tem medo dele?
— Digamos que sim.
— Já te bateu?
— Algumas vezes.
— Deixou marcas?
— Por que quer saber?
— Curiosidade.
— Gosta dele?
— Muito. Muito ódio também.
— O que vai fazer?
— Dar cabo nele.
A zona escura novamente se apossou dos olhos de Dulcina, uma mulher acuada, neste instante a verdadeira, que rancorosa guardava as marcas das agressões, humilhações, tudo por que um dia decidiu deixar o mundo ao qual eu pertenço, e que daqui a pouco voltarei a frequentar, como se nada houvesse acontecido.
— Acho melhor irmos embora – *disse prontamente, não mais amante, como se aquela noite não tivesse mais nada a oferecer, uma noite volumosa, de acontecidos, como muitas outras, desde que escolhera o duro ofício de cantora de cabaré, pois era assim que preferia se intitular. Sem mais, era preciso voltar ao seu universo, à realidade do que havia escolhido.*
— Espero que nada lhe aconteça – *disse, meio sem jeito, um tanto covarde, ao me despedir de Dulcina Negromonte, depois daquela longa noite de amor. Fui direto pra casa.*

As ruas da cidade, àquela altura, continuavam vazias; faltava pouco para amanhecer. O que estava fazendo? Só sei que sentia na minha atitude algo de verdadeiro e corajoso e tudo ganhava uma nova configuração; até me preocupava com o que poderia acontecer à Dulcina, na verdade Elisa. Mas o que poderia fazer por ela? Eu pertencia a um mundo permitido, regido por convenções, e restava apenas uma semana para o meu casamento com Glorinha...
Embora sabendo impossível, achei melhor esquecer o que sucedera naquela noite. Já no meu quarto, me joguei na cama. Me enrolei no cobertor, até aquecer as pernas, os pés, e pegar no sono naquela manhã fria, quando muitos episódios ainda estavam por suceder. Teria que levantar antes das onze para almoçar com Glorinha, como de costume, todos os sábados.

Emocionado, o velho Otaviano se despediu de Juliano, constrangido por expor aquelas intimidades, que afinal o tinham marcado para sempre. O que o estudante estaria achando de tudo isso? Era preciso estar nu, expor a alma diante do leitor. Deixar de lado os pequenos pudores.
Sentia-se exausto. Para ele, era como viver novamente aqueles episódios com Dulcina ou Elisa, e que por muito tempo procurou, mas não conseguiu esquecer. Ainda bem que o fantasma da mulher não o impedia de resgatar a sua própria história. Ou isso só piorava as coisas?
Era um homem só. Os planos que fizera com Glorinha de terem filhos não vingaram. Um dos dois tinha algum problema, e para que nenhum sofresse constrangimento preferiram não procurar um médico para saber quem deveria se tratar e não falaram mais no assunto. Assim, procuraram outros meios de levar a vida, frequentando os círculos sociais da cidade ou viajando para o

exterior sempre que podiam, durante as férias de Otaviano. Quando voltavam, tinham muitas histórias para contar e muitos souvenires para recordar: a Torre Eiffel, artesanatos da Indonésia... de Barcelona alguns sapinhos ao estilo Gaudi ainda enfeitavam algum canto do apartamento. Herança de um passado nobre de um casal de gente tradicional da capital paranaense, mas tudo não valia mais nada e só estava à espera de seu proprietário morrer para servir como lenha de pizzarias ou para aquecer a noite de algum morador nas ruas desertas da fria Curitiba.
A foto de casamento reinava no aparador... Mas se tivesse tomado outro caminho depois de passar a noite com Dulcina Negromonte? Se tivesse contado tudo para a noiva, como teria sido? Não gostava de imaginar sua vida sem a mulher que escolhera. E isso não importava agora, mas, sim, reviver esta história com tudo que poderia apresentar de feliz e de sórdida.
"No fundo, não posso me queixar. Ainda tenho quem faça algo por mim e algum dinheiro que guardei em vida", pensou algo reconfortado o velho Otaviano sob o olhar condescendente de Glorinha, agora luminosa no porta-retratos logo ali, ao lado da janela.

VI

Otaviano se convenceu: por mais que tentasse conferir o máximo de objetividade à narrativa sobre a morte do forasteiro, tratava-se, no fundo, de um relato em primeira pessoa, subjetivo; e para o seu primeiro leitor, o estudante Juliano, essa condição já estava posta desde o início. A verdade era obra de ficção e, por isso, conseguia distinguir facilmente o rumo das coisas, separar a pessoa do velho Otaviano do narrador da história.
Só não disse para o patrão, para deixá-lo perturbado. Um pouco de sadismo não faria mal a ninguém. Otaviano tinha que perceber que ele era de uma outra geração, para a qual as perversidades abundavam em diferentes narrativas. Não tinha porque temer.
Boris estava manhoso naquela manhã; subia na mesa, no computador e era preciso tirá-lo dali para Juliano iniciar o trabalho e o rapaz tinha medo do gato.
– Vem aqui bichano. Não quer que eu conte a minha história? – disse o velho Otaviano, pegando o gato pelo meio do corpo. Depois, voltando-se para Juliano:

- Vamos lá rapaz, o caminho está desimpedido. Vamos levar o leitor ao ponto central dos acontecimentos.

Quando acordei depois de ter passado a noite com a cantora da Boate Paris já era pra mais de onze horas da manhã. Me aprontei sem demora e fui à casa de Glorinha. Não sem antes ler as principais manchetes do Diário da Província, deixado debaixo da porta. Me surpreendi com a notícia da morte de Carmem Miranda, estampada na primeira página naquela 06 de agosto de 1955: "Vitimada por um colapso cardíaco, desapareceu, ontem, uma das grandes artistas do rádio, teatro, cinema e televisão...".
Gostava daqueles dias claros de inverno, as ruas movimentadas, apenas sentia falta da presença dos bondes que chegavam até a Praça Tiradentes, embora muitos preferissem os ônibus, mais rápidos e com o toque da modernidade. Glorinha morava com os pais e um irmão numa residência moderna e espaçosa, no Juvevê, não muito longe daqui, para os lados do Passeio Público. Havíamos combinado de almoçar no Restaurante Nino, junto com um casal de amigos. Eu vestia para a ocasião um terno cinza, discreto, bem ao seu gosto. Era quase meio dia. Peguei um táxi e fui encontrá-la, já há algum tempo à minha espera no portão de casa.
– Desculpe a demora. Não tive uma boa noite de sono. – me antecipei, caso ela me indagasse sobre as mal disfarçadas olheiras e o sinal de cansaço estampado no rosto.
Mas Glorinha não se deu conta. Eu sabia que ela adorava essas ocasiões para exibir algum vestido novo, mostrar-se bonita e bem apessoada.
– Gostou? – disse segurando a barra rodada do vestido, que combinava com aquele dia de sol de inverno: um vestido cintado, com uma saia ampla, florida, amarrada com um cinto do mesmo tecido à cintura.

A partir do ombro, trazia um casaco marrom com o qual escondia e colocava à mostra a parte de cima do vestido em decote vê, e não havia como não perceber ali uma sensualidade discreta.

O táxi nos levou ao Nino e o que mais gostávamos do restaurante era o fato dele ser instalado lá nas alturas, de modo que podíamos contemplar ao longe a Serra do Mar e estar em boa companhia. Encontramos um casal de amigos e Glorinha passou a falar de suas expectativas para o nosso casamento, da preparação do enxoval e eu nunca a tinha visto tão feliz.

Eu amava aquela mulher e me sentia atormentado por tê-la traído. Mas não era capaz de adotar qualquer atitude para mudar o curso da história. Achava que era para o meu próprio bem e para o bem dela guardar a história com Dulcina a sete chaves, mesmo porque havia sido apenas um momento de fraqueza e que não iria mais acontecer. Eu agia, no fundo, sem o mínimo de decência. Mas na necessidade.

Após o almoço, Glorinha foi com sua amiga à loja provar o vestido de casamento e eu, apesar de tudo, acabei tomando outro rumo, pois te digo que algo me arrastou com uma força sobrenatural para um mundo mais exposto à vida, insólito; e para essa região escura, desconhecida, eu segui, com o impulso de quem sempre havia reprimido unicamente por temê-lo. E não demorou para me encontrar, novamente, com Dulcina, agora no seu apartamento no Edifício São Paulo.

Dulcina recebeu-me afetuosa, embora com temor de que o forasteiro voltasse. Por que ela teria escolhido viver este tipo de vida, dependendo da segurança de um homem desconhecido, que tinha a contravenção como fonte de dinheiro? Por que esse universo a atraía tanto?

O apartamento era acanhado; na sala um sofá bem simples, e Dulcina me pediu para que sentasse. E o que relatou foi um pouco diferente do que no dia seguinte diria ao delegado. Principalmente quando este a perguntou com quem havia passado a noite anterior e ela preferiu me poupar de um constrangimento público. Eu estava de casamento marcado e seria um escândalo se Dulcina resolvesse abrir o bico, de maneira que decidi me calar, omitir a verdade, e guardar para mim durante todos esses anos essa história. E eu, queira ou não, havia me tornado cúmplice por não denunciar à polícia as intenções daquela mulher, com a qual havia passado a noite.

— *Eu só digo isso a você porque entre nós existe um pacto de segredo* — *confessou-me Dulcina sentada no sofá de courvin.*

E segurou, de repente, minhas mãos e contou o que havia acontecido pela manhã. Só então eu pude perceber que os seus braços e o pescoço estavam marcados pela violência, tudo obra daquele cafajeste, mal conseguia se expressar, chorando, ao relatar que Antoninho a esperou na portaria do Edifício São Paulo e assim que subiram ao apartamento, ele já chegou lhe metendo a mão na cara. Aos pescoções, jogou-a contra a parede e insultou-a, chamando de tudo, dizendo que não era à toa que fora expulsa de casa. E ela nada pôde fazer a não ser sofrer porrada e ficar calada, mas que por dentro estava cheia de ódio, sujeito vil, nojento, não sabia porque tinha se envolvido e apaixonado. Mesmo assim queria beijar-lhe a boca e ao mesmo tempo retalhar a cara para pôr fim àquela situação, pois que se ele não mais existisse talvez deixasse de amá-lo.

Guardou ressentimento, sim, e tinha que ser naquele dia. Ele que esperasse. Tinha que pensar num plano. O estrangeiro deveria tê-la machucado muito, moral e fisicamente, para que Dulcina guardasse tanto ódio. Eu ainda tentei dissuadi-la de tal intenção, dizendo que iria complicar mais a sua vida, poderia ser presa e que seria abandonada na prisão. Era o que podia fazer, pois aquela história estava indo longe demais. Teria de voltar ao apartamento o quanto

antes, já que Glorinha já deveria estar na Cinelândia à minha espera.
A verdade é que Dulcina nunca esqueceu que eu não fazia parte do seu universo. Eu continuava sendo um cara de classe média, de uma família se não muito tradicional pelo menos conhecida pelo bom posicionamento social na cidade. E que não jogaria tudo pro alto para se aventurar com uma maluca que havia deixado a casa dos pais para se tornar uma cantora de boate. (É isso, e estou sendo, me perdoe a palavra, um filho da puta, não é mesmo?)
Me despedi de Dulcina sabendo que não poderia mais vê-la e percebi no seu olhar, agora já distante, dizendo que teria de ser assim mesmo, pois ela pertencia a um mundo repleto de contratempos. Depois, voltei correndo para o apartamento, me aprontei e desci a Muricy até me encontrar com Glorinha, na Cinelândia. Cheguei com o coração na boca e a abracei com força, quase a sufocá-la, e apertei um corpo tenso, embora ela mantivesse no rosto a expressão de sempre, delicada e confiante, diante do meu atraso.
– Vamos perder a sessão. Você tem andado meio esquisito hoje? Aconteceu alguma coisa? – me interrogou e eu sabia que nessas horas Glorinha exigia uma resposta convincente e, no mínimo verdadeira, pois que era uma mulher de princípios.
– Está tudo bem, não se preocupe.
Compramos pipoca e entramos no cinema para assistir a comédia "Amor tempestuoso", de Frank Ryan, que Glorinha havia escolhido e muito sucesso fazia entre os frequentadores da Cinelândia.

– Por hoje está bom, Juliano. Vou aproveitar a tarde para deixar este apartamento. Vou matar saudades da rua, se é esta a palavra – disse Otaviano, dando por encerrada a atividade do dia.

Quando se despediu do digitador passava do meio-dia. Juliano até ficou curioso em saber o que o patrão pretendia com aquela atitude, depois de anos socado no apartamento da Dr. Muricy. Mas teve receio de perguntar.
O sol já estava bem alto quando Otaviano pediu a Alzira que o levasse até a Catedral. Alzira espantou-se, pois a última vez que havia saído pra rua com o patrão tinha sido para assinar algum documento em cartório. Nem lembrava quando.

– O que deu no senhor agora? Achei que não queria mais ver gente.

– Mudei de ideia. Arruma aí rapidinho e vamos embora. Vamos ver se você ainda é uma boa motorista de cadeira de rodas.

– Tô meio destreinada seu Otaviano. Não seria melhor pedir pro moço Juliano, amanhã?

– Esse não é o trabalho dele. E quero sair agora – disse impositivo.

Era perto das quatro da tarde quando Alzira meio temerosa atendeu as ordens de seu Otaviano e empurrou a cadeira de rodas com o patrão até o elevador do segundo andar. No térreo, cumprimentou o porteiro, um sujeito gordo, suarento e simpático, que sempre ajudava Alzira na chegada do supermercado com as compras.

O porteiro estranhou a cena. Trabalhava no prédio há algum tempo e nunca tinha visto o morador do segundo andar, embora tinha ouvido muitas histórias a seu respeito. Não era o que imaginava. Achou-o grandalhão demais, uma das mãos apoiadas no braço da cadeira era o que causava certa comoção, como que largada por acaso, sequela da doença. No mais, observou um homem imponente e suas impressões só confirmaram quando pôde ouvir a voz de trovão, impositiva, de seu Otaviano.

– Boa tarde, Roberto! Muito prazer. Sou o velho Otaviano, do 22. Você só falou comigo por interfone, não é? Agora ao vivo e a cores. Aposto que por esta não esperava!
– Boa tarde! – respondeu o porteiro meio desconcertado – Pra ser franco não esperava mesmo. Nunca tinha visto o senhor...
– Então já viu, até mais – disse sorrindo.
– Até.
A porta do edifício foi aberta e a silhueta de uma senhora franzina desapareceu contra a luz do sol, empurrando, desajeitada, uma cadeira de rodas. Alzira e seu Otaviano entraram de vez no universo da rua Dr. Muricy. Assim que colocou o rosto do lado de fora, Otaviano sentiu uma lufada de vento, morno, e gostou daquela sensação ao mesmo tempo que sentiu medo, como se algo novo provasse, e Alzira parecia não estar muito confiante do seu ofício, de modo que foi devagar empurrando o veículo, pela calçada de pedras disformes, entre pedestres apressados.
– Esse pessoal anda muito depressa, Alzira. Melhor não acompanhá-los – gritou Otaviano e Alzira quase não entendeu e continuou aos trancos. Era como se Otaviano tivesse entrando num outro universo, desconhecido e bem diferente daquele que se habituara a observar da janela de seu apartamento. Teve vontade de tocar nas pessoas, parecia poder ler a alma daquela gente, algo a um tempo engraçado e estranho.
No aviário o cheiro característico, a lanchonete da esquina exalava fritura... o barulho dos pneus, da música da loja de eletrodomésticos repleta de serpentinas, embora não fosse carnaval. Entraram na Saldanha e divisaram uma pequena multidão: um homem protegia de sua nudez com um jornal, cinegrafistas e fotógrafos registravam a cena, e os olhos do homem nu mais se arregalavam, tinha medo. Uma moça robusta, cabelos

amarrados em faixa, sentada ao chão debaixo da marquise sorria por nada e para o nada e pombas, muitas pombas.

Quem são esses seres, zumbis pra lá e pra cá? Falta muito para chegar à Catedral? Estamos chegando, disse Alzira, enquanto passavam por uma família indígena esparramada no chão, oferecendo cestos coloridos aos que entravam e saíam da igreja.

– Desde o enterro de Glorinha que não venho à Catedral, murmurou o velho. Tenho medo, ainda lhe escapou do encerro dos dentes.

O clima dos anos 50 súbito lhe invadiu a alma, Vicente Celestino e Dalva de Oliveira e a infindável dor de cotovelo. Amigos, o Freitas, o Armindo, o João Fontana, o Manuel Fernandes. Como escreveria a sua história sem retornar aos espaços frequentados na infância e na juventude?

Tinha abandonado a religião, mas mais que tudo ela restaurava o seu passado, então ela reafirmava o seu presente. Dava, por assim dizer, um atestado de vida à ficção.

Imponente, à sua frente enfim ergueu-se a Catedral. Teria de pedir licença para entrar? Já que não voltava como um fiel, mas como um homem que busca seu passado, suas recordações de Glorinha, sua companheira.

Otaviano saiu abruptamente de seus devaneios quando percebeu uma pequena algazarra.

– O que está acontecendo? – perguntou Alzira a um rapaz de cabelo arrumadinho encostado ao pilar.

– Um homem atacou a imagem de Nosso Senhor. Parece que surtou. Quebrou a imagem. A polícia está lá, mas o rapaz fugiu...

– Vamos lá Alzira!

O mesmo Cristo que Otaviano venerara tantos anos, como modelo de amor e de justiça entre os homens, agora ainda mais martirizado, com o braço esquerdo roto.
– Ele tava com um pedaço de pau na mão seu guarda e falava palavras esquisitas. Acho que suas promessas não foram atendidas, acho que é isso... Eu tava rezando e nem acreditei no que vi. Tirou a roupa e atacou! Veja que dó, como ficou o nosso Senhor Jesus Cristo! – lamentou chorosa a mulher franzina, com lenço de beata.
Passado o incidente, ele não poderia deixar de realizar a determinação primeira que o levara até o templo: a de poder lembrar dos momentos em que passou com Glorinha. O casamento, em grande estilo, em 13 de agosto de 1955. Ela mostrava-se feliz e ele... também. Teria feito qualquer coisa para esquecer o episódio com a cantora Dulcina Negromonte, mas há alma que suportasse aquilo? Mas na cerimônia ele jurou amá-la para o resto de sua vida e foi o que fez.
Como um eco do passado, sentiu pena de si e como que percebeu o olhar piedoso da santa padroeira. Embora não fosse mais de frequentar igreja, ainda tinha fé e gostaria que a imagem o perdoasse dos seus pecados, como em outros tempos.
Deixaram a Catedral com Otaviano pedindo para ir ao Largo da Ordem, queria rever o bebedouro, mesmo o sabendo, agora, sem as carrocinhas dos vendedores de frutas, sem os cavalos, sem a gente antiga.
Aproximou-se da fonte, tocou os dedos na água e espantou-se ao surgir-lhe o rosto de Elisa. Havia mistérios na água escura, atemporal. Como era bom recordar o primeiro amor. A fonte, o começo de tudo. O umbigo da cidade, como placenta, alimento, doce seiva que, apressados, os habitantes de hoje dispensavam.

A fonte havia virado objeto de decoração, patrimônio histórico da cidade. Mas para ele o essencial é que ela ainda estava ali, que Curitiba ainda podia revelar aquele pedaço do seu passado.

Não fazia mais sentido a visão maniqueísta de Elisa e Glorinha, embora tão diferentes. Mas... se não houvesse culpa, não haveria pecado. O remorso era a prova da fatalidade. O freio para o desejo. Era preciso manter o equilíbrio. A felicidade... agora?

Os sinos da Catedral badalaram seis horas.

– Voltemos à cápsula, Alzira.

VII

– O que está achando dessa minha prosa Juliano? Tem ideia onde vai dar?

– Não mais seu Otaviano – respondeu o jovem, preferindo não assumir qualquer juízo de valor. Otaviano percebeu.

– Pra que levar as coisas assim à risca, Juliano. Só falta dizer: está no contrato. Estou completamente convencido que você é um rapaz de boa índole. Depois de todo esse tempo, acho que posso confiar em você.

– Com certeza – respondeu prontamente o rapaz.

– Então vamos continuar. Estávamos na Cinelândia, não é mesmo? – lembrou Otaviano, sabendo do que teria de enfrentar ao se transportar novamente para a Curitiba dos anos 50.

Depois do cinema, deixei Glorinha em casa e voltei para o meu apartamento. Já passava das dez horas da noite, quando me deparei com as manchetes estampadas na capa do Diário daquele dia 06 de agosto, empurrado por baixo da porta: "Prejuízo da safra cafeeira no Paraná", discussão sobre a emenda parlamentarista, folhei a coluna

policial, um gosto provinciano que falava mais alto, mas não havia gente conhecida.
Me dirigi à vitrola, pus o concerto de Brahms para violino em ré maior, meu favorito, e caminhei até a janela para fumar e pensar nos acontecimentos do dia, Dulcina, Glorinha, a morte de Carmem Miranda... Temia por uma tragédia com o estrangeiro, meu nome estampado nos jornais... restava torcer para que nada acontecesse, que Dulcina se resignasse novamente, que umas palavras bonitas do amante lhe acalmassem que esquecesse a grande besteira de matar o forasteiro. Cruel coincidência, abri a janela e o que vi foi o corpo do sujeito caído do outro lado da rua, um rapazinho arrancava-lhe com dificuldade os anéis, o que havia sobrado do forasteiro já quase nu. Não esbocei qualquer reação apenas pressenti que Dulcina o havia matado, ela realmente cumpriu o prometido, mas como teve coragem, e se ele estava ali é porque veio tirar satisfações comigo. – Como pôde ficar com a minha mulher!
Ele parecia me olhar suplicante... Fechei vagarosamente a janela da sala ao desconhecido e caí na cama, sem pregar o olho. Quando me levantei, no outro dia, dei de cara com a foto do forasteiro estampada na primeira página do Diário da Província.

– Mas seu Otaviano, disse corajoso o digitador, parece que não há mais fatos novos nessa história... O senhor fechou o ciclo, a narrativa.
– Como não! – respondeu indignado Otaviano – E o depoimento de Dulcina e de Manuel Fernandes ao delegado?
– Mas o senhor já falou sobre isso.
– Eu só contei um pouco do depoimento de Dulcina. Aquilo não explica todo o caso.

O digitador fez cara de contrariado, baixou os olhos e se concentrou no que seu Otaviano teria a dizer. Os dedos foram quase que automaticamente para os teclados e não demorou para ser absorvido pelo desenrolar da narrativa.

Na manhã do dia 07 de agosto, Dulcina decidiu ir até o Serviço de Medicina Legal para ver o corpo do amante. Não tinha nada a perder. E, mais a mais, muitas pessoas na boate sabiam do seu relacionamento com o Antoninho e ela também queria se despedir dele e contar a versão de sua história para a polícia antes que fosse procurada.
Assim que chegou ao Serviço de Medicina Legal, Dulcina foi levada para a sala fria. Acostumado com a tarefa de ficar de frente para o trágico, o funcionário já não reparava mais, nem prestou atenção na dor estampada no rosto de Dulcina. O que mais a chocou foi perceber os olhos abertos desesperados do amante. Então num gesto cristão cerrou-lhe os olhos. Em seguida prestou o seu depoimento ao delegado.
— Como já disse, delegado, apesar dele me bater muito, ontem de manhã, nunca ia matar o Antoninho e o senhor sabe que na hora que ele morreu, e deu no Diário, eu estava me apresentando lá na Paris.
— Mas pode ter tentado assassiná-lo antes, alguma substância...
— Dar veneno, o senhor quer dizer... Para falar a verdade, até pensei nisso, mas não tive coragem, porque ele me batia muito e tem gente de prova.
— A princípio, a causa da morte parecia ser um ataque cardíaco. Mas segundo depoimento dos populares, o sujeito vomitou e evacuou muito antes de morrer. Agora é esperar os laudos técnicos do Serviço de Medicina Legal.

— Com aquela gente toda, ninguém fez nada para salvar o meu Antoninho? – arriscou Dulcina, pedindo comiseração.
— Infelizmente ou felizmente não minha senhora – respondeu, cínico o delegado.

— Como ficou sabendo dessa história, seu Otaviano?
— Acompanhei pelo rádio.
— E o que o seu Manoel Fernandes falou ao delegado?
— Você não vai acreditar, Juliano. Um cara da boate disse que tinha visto ele saindo com a Dulcina e Manuel assumiu essa história. Agora não me pergunte por qual razão. O certo é que o depoimento não pegou bem pra ele, e mais, não acredito que tenha sido para me poupar, como costuma dizer. Existe algo esquisito nisso tudo. Talvez por isso não queira que eu escreva este livro. Sempre tive na minha cabeça que Dulcina Negromonte é quem tinha maior motivo para matar o forasteiro, e inclusive me revelou seu desejo nesse sentido, mas depois da última visita do Manuel, digo só pra você, acabo de desconfiar também do meu melhor amigo.
— Será que ele tinha tanto ódio assim do forasteiro, a ponto de assassiná-lo?
— Pelo que me contou, não gostava dele, mas não havia um motivo tão grave para tirar a vida daquele sujeitinho. Mas o Manuel está incomodado com a minha narrativa...
— Vai ver que ele não quer vivenciar novamente essa história, arriscou Juliano.
— Talvez você tenha razão, pois ele não ficou nada bem perante nossa sociedade, e sua fama já não era boa. Além disso, coitada da mulher, a Adelaide, e que constrangimento não deve ter passado!

Tudo por minha causa. Por isso que eu digo, Juliano, que não sou inocente nessa história e que preciso reparar a minha culpa.
– Aos olhos das pessoas?
– Deveria ser aos olhos das pessoas...
– O senhor não ouviu mais falar da cantora?
– Tá ficando curioso, rapaz! Depois do acontecido, ela foi embora pra São Paulo e, pelo que fiquei sabendo, não foi mais importunada pelo delegado.
O que o velho Otaviano não podia imaginar é que Elisa vivia não muito longe de seu apartamento. Já havia algum tempo que a ex-cantora de cabaré, pivô de um escândalo, e que tanto sucesso fez nas noites curitibanas, havia se instalado no apartamento amplo que herdou dos pais. Ela até pensou em procurar Otaviano, mas achou melhor por um ponto final naquela história. No entanto, mantinha contato com Manuel Fernandes e dele ficou sabendo que o ex-amante estava escrevendo um romance e que ela figurava como uma das personagens. Ficou furiosa. O que o egocêntrico Otaviano pretendia contar? Decidiu procurá-lo naquela tarde.
Era preciso, no entanto, coragem para encarar o passado. Sabia que Otaviano vivia trancafiado no apartamento, tinha sofrido um derrame e era um homem solitário. Pôs um vestido discreto, pegou a bolsa e foi até o apartamento da Dr. Muricy. Não era ocasião para excessos. Foi preparada para encontrar não mais um jovem atraente e bem-sucedido na vida, mas um velho doente e ranzinza, como soava a fama.
O corpo a traiu e tremeu, ia afinal esbarrar novamente com aquele passado – não obstante tivesse enfrentado coisas piores na vida que já se alongava. Mas, sem espaço para fraquejos, era mulher de ossos fortes: não queria ser objeto de um novo escândalo. Apertou a campainha do apartamento. E, assim, encontrou o

ex-amante, agora em busca de uma conversa franca e arriscada. Mas essa história, dileto leitor, deixemos que Otaviano mesmo, amanhã, conte em detalhes.

VIII

O velho Otaviano levantou cedo e não via a hora de sentar com Juliano para relatar o que lhe havia acontecido na tarde do dia anterior.
— O senhor parece meio aflito hoje, seu Otaviano? — indagou Juliano ao cumprimentá-lo na entrada do apartamento.
— Você não acredita no que aconteceu ontem, depois que foi embora...
— Seu Manuel Fernandes resolveu contar alguma novidade sobre a morte do estrangeiro?
— Que nada! Ela voltou a aparecer...
— Ela, quem?
— Elisa. Dulcina, a cantora.
— Mas isso pode mudar tudo!
— Veio dizer que não matou o amante.
— Dá para acreditar?
— Não sei. Mas veja como foi o meu encontro com ela pra que você, meus futuros três leitores, tirem as próprias conclusões.

Quando o porteiro anunciou a presença daquela mulher, logo compreendi o que ela queria. Era Elisa, não mais Dulcina, dizendo que ficou sabendo que eu estava escrevendo um livro e que ela tava na história. Imaginei que ela esteve com Manuel Fernandes, pois só ele sabia que eu estava produzindo esse romance.
Ela chegou com altivez, muito diferente da cantora de boate. Maquiagem leve no rosto e um olhar impositivo de quem sabe o que quer. Mesmo aos 80, uma senhora que conservava alguma beleza, realçada pelos pequenos e profundos olhos azuis a contrastar com sua forte expressão. A voz rouca, algo truncada, fazia lembrar o encanto do passado.
– Boa tarde Otavinho! Achei que não fosse me receber – Disse resoluta.
– Oi Elisa. Posso saber o motivo da visita inesperada? indaguei, com franqueza.
– Vim porque soube que está escrevendo um livro de memórias. Resolvi contribuir, porque nem tudo ficou explicado depois daquele dia fatídico. E eu ainda não dei o meu depoimento nessa sua história – respondeu Elisa, sentando no sofá da sala. Sentou com a determinação de sempre, cruzou as pernas e continuou.
– Sei que imagina que sou a responsável pela morte do Antoninho. Naquele dia queria mesmo matá-lo.
Elisa veio preparada. Entendi que há muito esperava pelo encontro, pois se antes não achara motivo, aquele era suficiente para que muita coisa a respeito do seu passado fosse esclarecida, de maneira a pôr fim às incertezas e especulações, pelo menos pra mim, quanto às suas ações naquele mês de agosto de 1955.
– Depois que esteve no meu apartamento, passei o dia doente, de cama. Antoninho não apareceu mais. Só à noite, lá pelas nove, como se nada tivesse acontecido, passou e fomos pra boate.

— Como vou saber se você não está mentindo novamente? —desafiei.
— Por que não falaria a verdade?
— Já mentiu pro delegado...
— Para te ajudar, não lembra?
— O negócio é que ele morreu e não teve ninguém para chorar o cadáver. A não ser você...
— Apesar de tudo, tenho boas lembranças dele.
— Era mesmo louca, desequilibrada.
— E você, não?
— Não matei ninguém!
— Então por que sente culpado?
— Porque acobertei uma morte, traí minha mulher e ainda, tremendo azar, tive o corpo daquele forasteiro caído na frente da minha casa. O meu problema é que não fiz nenhum gesto, me abstive. E você tinha motivos para matar o sujeito!
— Não sou assassina e vim te provar.
— Conte-me então a sua história. Prometo me conter.
— Naquele seis de agosto, depois de ter apanhado pela manhã, como você já sabe, passei a tarde matutando sobre o que fazer para me vingar. Essa ideia não saía da minha cabeça. Passei o dia na cama para me recompor da surra. Meus braços latejavam, as pernas não obedeciam ao meu comando... Era preciso me poupar para atacar-lhe pelas costas. Tentei descansar a tarde toda. Fiz um chá calmante e me enfiei debaixo do cobertor. À noite ele chegou como se nada tivesse acontecido. Mas chegou autoritário, dizendo que eu já estava atrasada para o trabalho. Me mostrei resignada, falando baixo, que iria me aprontar para mais um dia de apresentação na Boate Paris. E foi por pouco que não lhe dei um tiro, eu tinha um revólver, mas não sei se não tive mesmo coragem ou se foi por amor que não toquei na arma. Pegamos um táxi na Cruz Machado e seguimos em direção

à boate. Durante o trajeto não falamos nada. Entrei no camarim e me aprontei para entrar em cena. Daí, te confesso, não o avistei mais. A mesa reservada pro Antoninho ficou vazia naquela noite. Ou saiu pra algum negócio ou pra encontrar alguma amante... Pois não apareceu mais, de modo que até fiquei preocupada. E só no outro dia que eu soube da tragédia, aquela foto na primeira página do jornal, quase morro do coração. Aquele foi o pior dia da minha vida, chegar ao Serviço Médico Legal com os repórteres me abordando de tudo quanto é jeito e eu ainda tendo que ir ver se o corpo era realmente de Antoninho, tive que ter muita força naquela hora para não fraquejar. E o pior ainda estava para acontecer. Eu tinha que dar um enterro decente a Antoninho, como prova do meu amor, mesmo que ele não valesse um tostão furado, que ele fosse a pior das criaturas. Não sei como pude amar um homem tão detestável... Bem, eu não queria ter o destino da maioria das outras moças, apenas seguia meus caprichos e instinto, tinha um quê de inconsequente... sei lá... mas queria dar um sepultamento digno ao Antoninho, mesmo que fosse simples, que fosse decente. Teria de ser em cova rasa, não contava com dinheiro para oferecer um túmulo. Contratei dois coveiros para cavar alguns palmos de terra e lá depositar o corpo daquele homem que, para o bem ou para o mal, havia transformado a minha vida. E nessa cova rasa Antoninho foi sepultado naquele domingo de tempo ruim em Curitiba, tendo em mim e nos dois coveiros, as únicas testemunhas. Aos prantos, larguei algumas rosas vermelhas e não olhei mais para trás.

E você quer saber como começou a minha história com ele? Estava pra mais de 20 anos, sem namorado firme, quando minha mãe me convidou para acompanhá-la até a Confeitaria da XV. Naquela época eu havia deixado de cantar no Coral da nossa igreja no Largo, tinha terminado já algum tempo a Escola Normal e não sentia

qualquer atração pela vida de professora do primário. Sempre fui exibicionista, todos acreditavam que tinha uma queda pra música, uma bela voz para o canto, a dança..., mas estava entediada com a vida e foi naquele dia, na Confeitaria da XV, que conheci Antoninho. Ele puxou conversa comigo e minha mãe não gostou nada daquele papo, mas eu nem aí pra ela. Lembro que ele me deixou o seu telefone e fiz de tudo pra que minha mãe não visse aquela cena da entrega do papelzinho amassado, discreto, e não pude resistir, de modo que três dias depois liguei pro Palace Hotel e pedi pra falar com o Antônio. Ele me atendeu dizendo que tinha se encantado comigo e queria me ver. Marcamos de nos encontrar, no começo longe dos outros para não dar o que falar, mas depois todo mundo ficou sabendo e achei que não tinha mesmo nada para esconder. Lembro até quando meus pais tomaram conhecimento da história e me proibiram de ver o tal forasteiro, porque não sabiam qual era sua origem. Apaixonada que estava, continuei não dando bola, até o dia que eles me expulsaram de casa. Assim passei a viver a minha própria vida.
Eu voltei a cantar e troquei as músicas da igreja para um repertório mais apropriado aos corações dos amantes e à dor de cotovelo. Os dias foram passando e com o tempo descobri que Antoninho não era homem de uma só mulher, me obrigava a ter relação com outros caras por dinheiro, e assim fui me sentindo prisioneira, desta vez não mais de minha família, mas de um homem por quem eu julgava estar apaixonada. E para piorar fiquei grávida do sujeito. Graças a Deus a gestação não foi pra frente porque, lembra, eu tinha contado isso pro delegado e aquele foi um ano péssimo, tudo de ruim pra mim, acabei perdendo o bebê. Há males que vem pra bem, hoje, penso assim. Depois disso, fui viver em São Paulo, cantei em boates, trabalhei honestamente e decidi largar aquela vida.

Recebi a herança de minha família e desde então vivo de rendas. Com a vida modesta que levei desde então, pude acumular um bom capital.
– Digo isso para que saibas, Otavinho, se você me colocar como a assassina dessa história, contrato o melhor advogado de Curitiba e te processo por calúnia e difamação. Pode estar certo. Não posso deixar que você exponha minha vida e minha moral pra todo mundo – disse já furiosa.
– Não precisa me ofender. Ainda nem sei se vou publicar o livro...
– Não sei se consegui te convencer da minha inocência, mas isso é o que menos importa, o que eu não quero é publicidade com o meu nome. Além do mais, foi você quem escolheu viver esta história e eu e o Manuel te livramos na época de uma enrascada. Nos deve esse favor.

– Eu não respondi mais nada, Juliano. Confesso que fiquei sem saber o que fazer depois que ela passou a me insultar, abandonando a fala mansa. Ela se despediu antes mesmo de Alzira trazer o café e eu compreendi que realmente havia deixado pra trás o papel de Dulcina, que passou a ser uma mulher honrada, não importando o papel que desempenhasse na vida.
– Mas e agora, seu Otaviano? Parece que chegou então à estaca zero sobre a morte do estrangeiro. E não era isso que o senhor queria esclarecer?
– Não somente isso. Eu escrevo também por outras necessidades. Talvez seja um processo terapêutico, vá saber. Vou pedir a Alzira pra convidar Manuel Fernandes a me fazer uma visita. Acho que amanhã teremos fatos novos pra nossa história. Não sei se com final triste ou feliz... Aguarde.

Alzira passou no estúdio de Manuel Fernandes. A princípio o fotógrafo relutou, mas depois acabou aceitando o encontro com o amigo. O que ele quer desta vez? Desistiu de escrever o romance? Ou será que pensa que sou o culpado, o vil assassino do famoso forasteiro? – tartamudeou o fotógrafo.

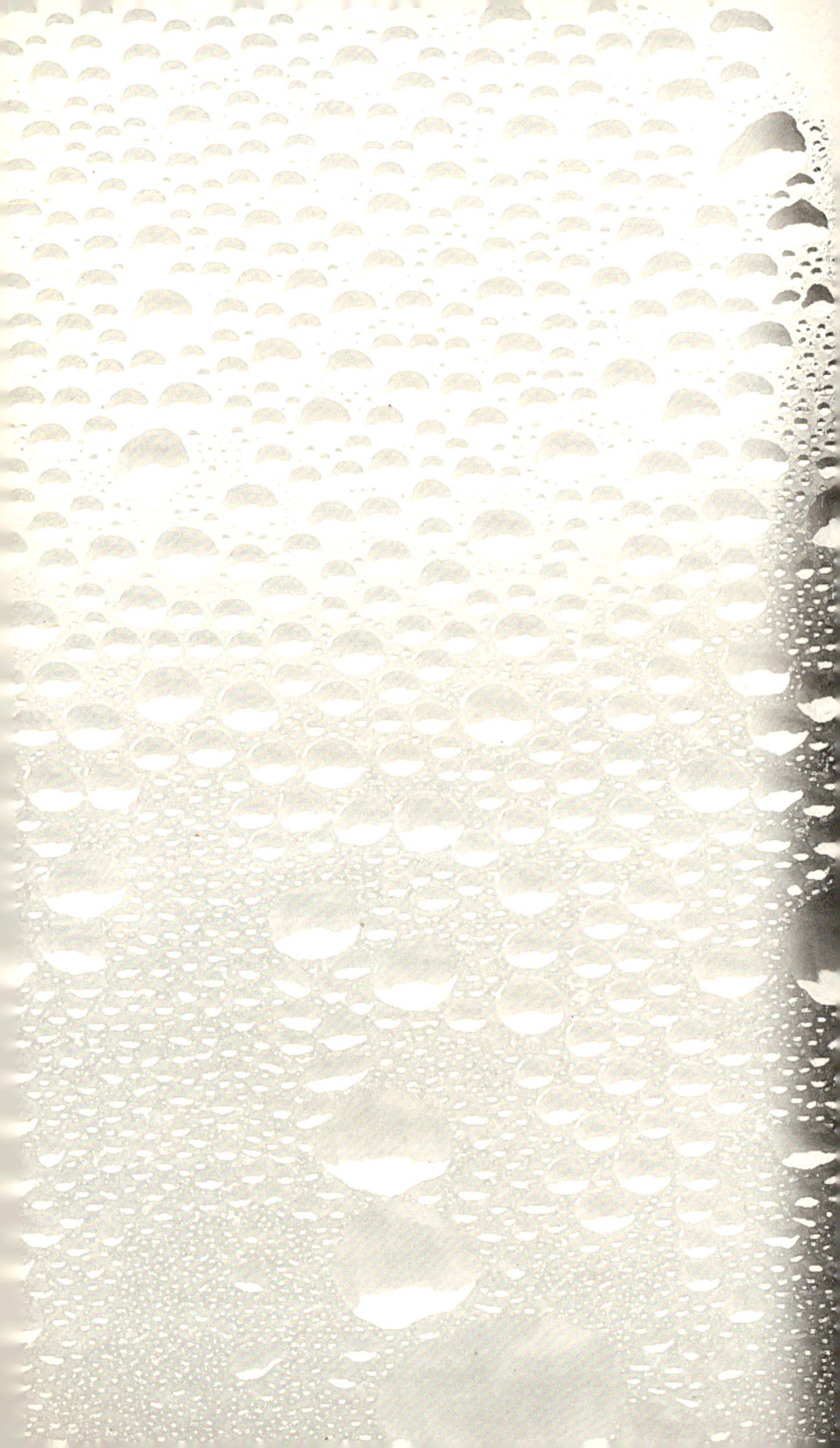

IX

– Bom dia Juliano, como está o tempo lá fora?
– Chuvinha fina, Curitiba... Um dia ainda deixo esta cidade.
– Achei que gostasse daqui.
– Nem um pouco. Bonita e sem graça. Acho que preferia viver na Curitiba do escritor vampiro – respondeu sorrindo e com franqueza o rapaz.

Ansioso, o velho Otaviano mudou o tom da conversa. Estava concentrado na história de seu romance e não via a hora de contar a Juliano a conversa que teve com Manuel Fernandes. Para a sua surpresa muitos fatos mudaram de direção no esclarecimento das dúvidas que persistiam quanto à morte de Antônio dos Santos.

O meu amigo Manuel Fernandes não declinou do convite. Me olhou desconfiado e logo percebi que não estava pra muita conversa.
– O que quer comigo? – foi dizendo num rompante.
– Sei que não saiu satisfeito da última vez que esteve aqui. Talvez tenha razão, ninguém gostaria de ter sua vida exposta num livro, num

romance, mesmo que obra de ficção. No fundo, preciso é te agradecer pela sua ajuda no passado.
— Você sabe que as coisas não foram assim...
— Em respeito à nossa amizade, prefiro acreditar que a sua atitude naquela época teve como único propósito me poupar de uma situação constrangedora — disse-lhe com cinismo.
— Não é nisso que você acredita...
— Sabia que ela esteve aqui?
— Sim. Elisa me procurou e não tive como não recebê-la.
— E você contou pra ela que estou escrevendo a história do estrangeiro.
— Pra ser franco sim. Foi a maneira que achei de impedir que cometesse uma loucura, escrevendo coisas que já deviam estar sepultadas.
— Ela me contou que não matou o estrangeiro. E não sei se devo confiar nela. Já mentiu pro delegado...
— Não acha melhor parar com essa história? Por que te interessa tanto saber quem matou um simples forasteiro há décadas, e que você achava uma figura desprezível?
— O que eu não entendo é porque você está tão incomodado com a minha narrativa... — arriscou Otaviano.
— E quer saber a verdade, suponho.
— Claro que sim. Acho que está me devendo alguns fatos em toda essa história.
Manuel Fernandes percebeu que eu estava mesmo disposto a levar a cabo as suas intenções e talvez fosse melhor mesmo relatar tudo o que sabia da morte do estrangeiro naquele 06 de agosto de 1955.
— Realmente, você não me deu tempo, na época, de contar toda história. me deixou falando sozinho na boate para socorrer o seu amor de infância.
— E isso lhe deu o direito de me privar da verdade durante todos esses anos.

— É. Mas nada muda a ordem dos fatos. E não sabia que essa história tinha te imputado tamanho sentimento de culpa. Isso é que é ser cristão de verdade! Se eu te dizer tudo que sei, você se compromete a não tornar pública essa maldita história?
— Então o negócio é pior do que pensava.
— É sim. E vou te relatar pra que assim você possa provar que é mesmo meu amigo. Nisso tudo, só temo pelo constrangimento que terão que passar os meus dois filhos.
Manuel Fernandes julgou que o valor e o peso dos fatos seriam a única forma de me dissuadir de expor publicamente o desfecho da tragédia. E deu prosseguimento ao relato que havia sido interrompido na noite anterior ao crime, quando saí atrás de Dulcina Negromonte, após a sua discussão com o estrangeiro na boate Paris.

— Como estava te contando, durante muitas tardes, segui o forasteiro para saber em que encrenca havia se metido. Porque adotar essa atitude eu não sei, mas parecia que aquilo ia me levar a alguma constatação que, talvez, por intuição, já pressentia.
Era final de tarde, eu te confesso já estava viciado em seguir os rastros daquele sujeito e o avistei passando pela XV, elegante como era do seu feitio, como quem não tinha nada de sério a fazer. Adelaide havia saído um pouco antes para visitar não sei mais qual parente, muito bem aprontada, e nem imaginava o que estava para acontecer.
Deixei o empregado tomando conta da loja e, de máquina em punho, fui me postando a alguns metros atrás do forasteiro que, sem a menor pressa, caminhou um bom pedaço da rua até chegar nas imediações dos Correios. Ali tomou um táxi, o que também fiz rapidamente para não perdê-lo de vista. Circulou por algumas ruas do centro e um pouco acima, no São Francisco, parou para pegar uma passageira.

E pro meu espanto era Adelaide, a minha Adelinha, que, rapidamente, entrou no banco traseiro do veículo e eu não sei se tinha ódio, curiosidade, um sentimento de homem vencido e achei melhor não me desgastar com um flagra, mas fiz uma foto do casal sem que eles percebessem e continuei a segui-los para ver até onde aquela loucura iria chegar. O táxi estacionou em frente a um hotel um pouco distante do centro e eles entraram no meu foco, a minha lente captou aquela cena ridícula. Pela primeira vez me senti constrangido na vida.

Retornei pra casa calado pro mundo e ela voltou logo depois e eu fingi que nada havia acontecido e isso ocorreu outras vezes, de modo que eu também não tinha moral nenhuma pra lhe chamar a atenção, pois que não tinha deixado de frequentar por um só dia a vida boêmia de Curitiba.

Mas acho que ela tinha certeza de que eu já sabia de sua traição e, desculpe meu amigo, muito do que fiz quando dei um depoimento do delegado foi para vingá-la. Ela já tinha me falado mal de Elisa, das transformações que a vida dela havia tomado. E eu fui dizer ao delegado justamente que estava na noite interior ao crime com Dulcina, Elisa, não sei mais, ao invés de imputar a culpa a você, meu amigo. Eu queria, sim, vingá-la e ela percebeu a minha intenção.

E foi depois da morte do estrangeiro que minha esposa Adelaide se recolheu pra dentro de casa, não quis muito contato com a rua, sempre inspirando uma série de cuidados médicos.

— *E você não conversou com ela sobre esse contratempo?*

— *Não. Ela vivia num mundo impenetrável e eu a respeitei. Antes de morrer ela me deixou uma carta* — *disse intempestivo Manuel Fernandes, pra minha surpresa.*

— *Aqui está* — *falou Manuel depois de retirar do bolso traseiro da calça um papel bem dobrado e envelhecido.*

— *Não acha que este assunto é muito pessoal... Não tenho o direito...*

– Mas foi você que sempre me disse que éramos amigos?
Nunca tinha visto tanta franqueza nas palavras de Manuel Fernandes, mas também não podia prescindir daquela narrativa com a qual poderia aclarar as ideias e dar fim ao episódio da estranha morte do estrangeiro.

– Vamos dar uma pausa, Juliano. Disse Otaviano pedindo para que o digitador o levasse à cozinha.
– E o senhor vai colocar a carta no romance?
– Não ia perder essa oportunidade, Juliano. Eu posso trocar os nomes. É o que podemos chamar de *roman à clef*, nossos melhores escritores usaram essa técnica. O caso mais famoso foi de Lima Barreto, em *Recordações do Escrivão Isaías Caminha*.
– Mas do mesmo jeito o senhor corre risco.
– Quer me imputar mais sentimento de culpa, rapaz...
Por hoje já trabalhamos demais. Essa bendita carta fica para amanhã.
– O senhor sabe que vou morrer de curiosidade e nem ligo de trabalhar até mais tarde – insistiu Juliano.
– Mas não posso te explorar, isso faz parte do nosso contrato – arrematou o patrão com um sorriso largo. Não havia opção, era pegar as coisas, deixar o apartamento e esperar pelas novidades do dia seguinte.
Antes, no entanto, Juliano se dirigiu para o Largo da Ordem, onde havia marcado de encontrar um amigo, Sérgio.
– O velho já te contou toda a história?
– Tá no final. Ele já sabe quem matou o estrangeiro.
– Por que não te contou logo?
– Pintou uma carta da mulher do fotógrafo na parada. Ele deixou pra amanhã.

— E você tem alguma ideia?
— Tudo indica que deve ser o marido, o fotógrafo Manuel Fernandes, já que a cantora de cabaré parecia sincera demais no encontro que teve com o velho. Além disso, o cara ficou com a mulher dele, era boa pinta, boa lábia, comedor, entende?
— Mas também pode ser o seu patrão. Pelo que você diz, esse cara é meio esquisito...
— É só um velho doente e depressivo, atormentado pelas recordações. Pra ser sincero, no começo o achava um gordo nojento. Mas é boa praça e não tem instinto assassino. Se acha um filho da puta e guarda muito sentimento de culpa. Nem precisava tanto.
— Gostaria de conhecer esse cara...
— Não dá. É meu trabalho. Nem devia estar falando dessas coisas pra você.
— Você conheceu os amigos dele? O mais legal é que eles estão vivos, por aí, com toda essa história rolando...
— Por isso é que suspeito que seu Otaviano publique o livro.
— Me fale dessa Dulcina. Devia ser muito linda e gostosa.
— Devia ser... Eu não sei nada, não a conheci. Seu Otaviano diz que alguém pintou um retrato dela ou era uma foto de quando era moça. Muito linda!
— E a dona Adelaide? Por que será que aparece no final da história?
— Cara, você pergunta demais.
— Pura curiosidade. Gosto de ouvir histórias...
— A única coisa que seu Otaviano me disse é que a mulher do fotógrafo era uma mulher reservada, recatada e que pouco saía de casa. Ainda não entendi como está envolvida na história... Mas vamos mudar o rumo dessa prosa.

X

— Estou começando a achar que havia nisso tudo uma conspiração contra esse estrangeiro, disse Juliano ao, pela primeira vez, tecer algum juízo sobre os acontecimentos.
— E o que isso mudaria? Era assim que as coisas tinham que acontecer, ainda mais naquela época... Mas vamos ao que interessa. Pode começar a digitar a carta deixada pela esposa ao meu amigo Manuel Fernandes. Você não estava curioso? Vou ler:

Curitiba, 30 de junho de 1983.

Querido Manuel,

Relutei muito em escrever esta carta. Mas não me sentiria em paz comigo mesma se não o fizesse. Talvez o nosso erro tenha sido justamente não falar sobre o que vivemos juntos. Talvez por vergonha, constrangimento diante de nossas ações e porque preferimos passar por cima de tudo, das convicções, atropelando nossas emoções e sentimentos mais autênticos. Não te culpo por isso, pois que também tenho a minha parcela de culpa. O certo é que realmente fomos atropelando tudo em busca da paz e de uma forma de convivência, no mínimo, confortável para nós dois. Eu sei que você não me perdoou pelo ocorrido com aquele homem, ainda no começo de nosso casamento, e entendo que não há como perdoar, da mesma maneira que guardo ressentimentos de suas traições cotidianas, as quais percebia em pequenas conversas e no cochichar dos nossos amigos, e eu sempre a me fazer passar por tonta e, por que não, de trouxa diante de tantas histórias ouvidas, escondidas.

Eu sabia que você tinha conhecimento das minhas aventuras e poderia continuá-las porque, sinto muito, aquele homem foi por quem realmente tive paixão na vida. Não que eu não tenha amado você. Era diferente. Ele me arrastava para um mundo prazeroso e eu me sentia mulher estando na sua presença. Estou sendo piegas, mas não consigo me expressar de outra forma.

Espero que não se chateie. Você bem sabe que nosso casamento era algo distante de tudo isso. Você não me considerava uma mulher, sexualmente falando, mas uma esposa, talvez até uma mãe dedicada, a cuidar de suas coisas, dos filhos e isso eu me tornei ainda mais quando da morte de Antoninho, como todos os chamavam.

Eu até me confessei, contei tudo para o padre Agostinho, na Catedral, e ele me perdoou dos meus pecados, na verdade Deus perdoou, acredito, ouviu as minhas preces, pois depois do dia da morte daquele homem eu jamais pude ser a mesma. E se quer saber, fui eu quem o matou. É preciso dizer já e isso pode não fazer qualquer sentido pra você. Jamais iria imaginar eu, uma dona de casa pacata, cometendo uma atrocidade dessa. Nem eu também podia. Eu estava possuída, se é esta a palavra. Estava morrendo de ódio daquela mulher da vida, e ele havia me dito um dia antes que não queria continuar tendo relações com uma mulher casada, que não queria complicações com ninguém.

Aliás, eu nunca gostei da Elisa. Você sabe, ela estudou comigo na Escola Normal, e era atrevida, nariz empinado, e se dava com poucas alunas. Sempre preferiu a companhia dos meninos. Aquela polaca nunca me enganou. E ainda fez o que fez com a família. Eu não posso julgá-la, porque também fui atraída por aquele mesmo cafajeste, logo eu, que mal colocava os pés para fora de casa.

E ele me encontrou aqui mesmo, no estúdio. Eu estava te substituindo no horário do almoço, como sempre, quando entrou um homem de terno branco, chapéu panamá, muito bem apessoado e com cheiro bom. Olhou as fotos expostas no estúdio, fez uma observação sobre a foto da Aninha, com um grande laço de fita nos cabelos, fazendo pose num triciclo, e brincou com o cavalinho de madeira no chão. Eu sorri afirmativa, nem sabia bem do que ele estava falando, mas parecia algo bom. Ele veio em minha direção e apontou para um outro álbum e me perguntou quanto custaria para fazer outro do mesmo formato e ficou mais algum tempo na loja, até se despedir da mesma maneira afetuosa de quando entrara.

E isso ocorreu outras vezes, sempre no mesmo horário, e ele cada vez mais chegado comigo e eu quis saber se tinha esposa, filhos e ele disse que sim e que a ideia era fazer um álbum para guardar de recordação, que seria o primeiro, os filhos ainda pequenos, e fui me envolvendo até marcamos de nos encontrar fora dali. Sempre um local discreto e isso aconteceu várias vezes, mas foi uma decepção quando fiquei sabendo que Antônio era chamado de Antoninho no seu meio, gigolô e contrabandista, e que, por causa dele, a Elisa, moça arrogante e que cantava no coro da nossa igreja, havia deixado a família para se tornar cantora de boate.

Foi aí que comecei a me dar conta da enrascada em que estava metida. Decidi então não levar adiante aquele affair, mas te juro que não consegui, tal era a atração que ele exercia. E foi ainda pior quando soube que tinha as rédeas nas mãos, não me dando a devida atenção e eu culpava cada vez mais aquela mulher da vida pelos meus infortúnios. Descobri que eu não era mais uma mulher paciente, educada e voltada para os filhos, mas uma amante obcecada e ciumenta.
Antoninho passou a me evitar cada vez mais e a disparar todo tipo de humilhação, me chamando de provinciana sem qualquer atração. Passei a odiá-lo, ao mesmo tempo não conseguia estar longe de sua companhia.

– Não seria melhor acabar com o suspense e revelar de uma vez por todas de que maneira a mulher do fotógrafo matou o estrangeiro?
– Mas rapaz parece que o interesse é apenas o enredo, como se eu tivesse escrevendo uma história de heróis e bandidos. O que está em jogo não é apenas isso. Como estudante de Letras deveria saber disso...
– Desculpe, o senhor tem toda a razão e, acredito, sabe conduzir bem a história.
– Vamos lá, voltemos à carta da Adelaide. Onde eu parei mesmo, Juliano?

Na noite daquele dia 06 de agosto de 1955, eu havia marcado com Antônio no nosso lugar de sempre. Você havia saído. Ele tinha acabado de deixar aquela mulher na boate e eu ia implorar para que não me deixasse. E foi o que fiz e de nada adiantou. Ameaçou ir embora e eu o segurei por diversas vezes, chegando até a ajoelhar aos seus pés, mas naquele dia ele parecia irredutível, louco para voltar àquela boate, ver aquela polaca cantar músicas de dor de cotovelos para um punhado de maridos insatisfeitos. Desculpe falar desse modo, mas não tem outra maneira. O empregado do hotel trouxe dois copos de suco que havíamos pedido e ele estava no banheiro. Não pude perder a chance, coloquei uma dose de Estricnina. Havia comprado para ratos e a associação foi imediata... Matei esse rato! Não sem antes de lhe contar que a vagabunda não estava com o meu marido, mas com um outro homem de casamento marcado, nosso amigo Otavinho, e ele queria de todo modo tirar satisfação com ele, saber seu endereço... Com você, Manuel, eu tinha pedido que não fizesse nada, e você sabe muito bem, caro esposo, que eu conhecia todas as suas mentiras, de que você havia assumido a culpa de sair com Elisa para me humilhar ou até mesmo ajudar seu amigo.

Foi uma atitude planejada sim. Eu não admitia que ele me deixasse. Estava apaixonada. Jamais pensei em matar um homem, mas não sei o que me deu naquele dia pra tanto desespero. Eu não estava em mim. Espero que me perdoe e eu morrerei com esse peso que carreguei por tanto tempo de minha vida.

Por mais que nossa relação conjugal tenha sido convulsionada, sempre tive grande afeição, eu diria amor, para contigo. Mas acabei vestindo a carapuça de um monstro e nem imagine o que eu senti ao ver o corpo dele estampado nas páginas do Diário da Província, e nem parecia que eu o havia matado, mas sim aquela mulher.

Era um forasteiro, como todos diziam. E só ela teve a coragem de ir lá para ver o corpo do seu Antoninho pela última vez. Somente ela estava autorizada a tal coisa. E, juro, nisso eu tive muita inveja, inveja feminina, eu diria. Mas não quero mais lhe importunar com as minhas verdades. Mesmo porque, como se tratasse de um

desconhecido, a polícia não deu prosseguimento às investigações, embora o laudo tenha comprovado morte por envenenamento.
Não gostaria que mostrasse essa missiva aos nossos filhos. É melhor poupá-los de saber que tiverem uma mãe leviana e assassina. E lhe agradeço por ter sido em toda minha vida este grande companheiro, amante e amigo, e pelo cuidado que sempre teve comigo.

Sua, Adelaide.

– Depois que terminei de ler a carta, Manuel Fernandes me disse: Agora você entendeu por que eu não gostaria de remexer nesta história, amigo? Nesse episódio, todos tivemos uma parcela de culpa, disse suspirando, pois somos responsáveis pelo que acontece com nós mesmos e com os outros. Esse é o preço que pagamos por nossa liberdade.
– E o que o senhor respondeu? – indagou Juliano.
– Que ele jamais deixará de ser meu amigo. E assim ele se despediu, acredito, aliviado de ter posto fim àquele peso.
– E aí o senhor mudou o pensamento que tinha a respeito de Elisa. A mulher estava mesmo falando a verdade, não é mesmo?
– Estava sim, Juliano. Já tinha notado nela aquele olhar franco, assertivo, pois apesar de tudo ela sempre teve uma conduta moral...
– Acho que agora, depois de tudo que relatou, o senhor não considera mais a sua narrativa como a mais verdadeira – disse Juliano, irônico.
– Essa é uma outra história – se esquivou Otaviano, sem muita convicção.
– Então terminamos, enfim, de escrever o romance. Posso dar por encerrado o meu trabalho?

– Ainda não, Juliano. Venha me ver amanhã – respondeu Otaviano ao observar pela primeira vez a cumplicidade para com o rapaz. Juliano despediu-se sorridente e foi embora.
Já era noite quando Otaviano pediu para que a empregada o levasse à janela da sala. Amparou o braço no peitoril e ficou a observar o movimento da rua; antes toda a gente era meio igual, agora aquela fauna, gente de todo o tipo e lá no meio deles o que o seu olhar procurava era a cachorra Suzi, que com ele parecia, embora estivesse, em termos materiais, numa situação bem mais confortável. Ou então: ... gente de todo o tipo. Ele agora como estrangeiro na sua própria cidade e da sua história.

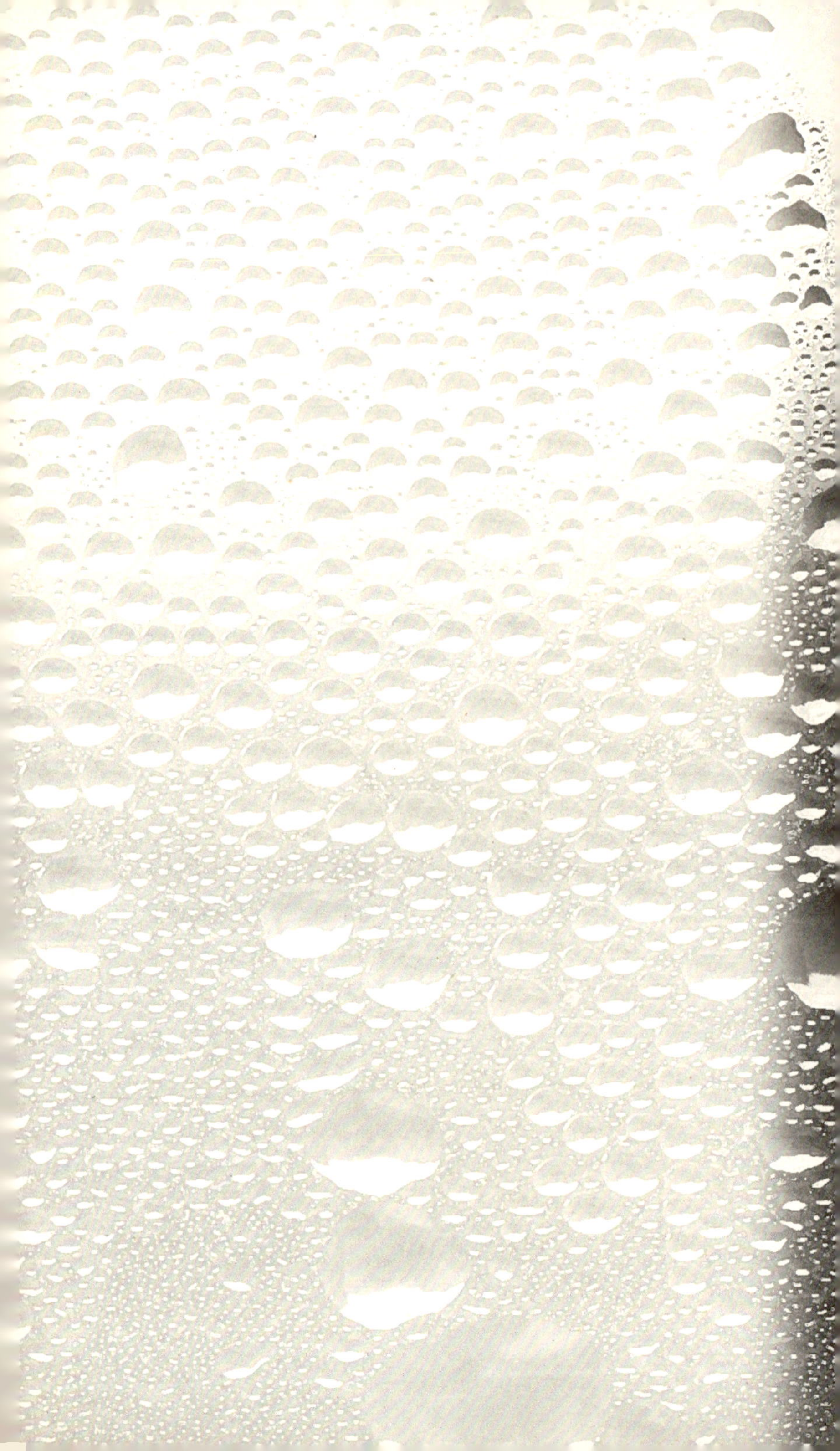

XI

A primeira coisa que Otaviano fez no dia seguinte foi novamente observar a rua pela janela. Tudo parecia igual.
Alzira surgiu de mansinho:
– Eu também vou tá no seu livro seu Otaviano? – Otaviano não conseguiu entender se ela estaria triste ou feliz por isso.
– Vai estar sim. Mas pode confiar em mim. Você é a única nesta história que não tem nada para esconder.
Alzira respondeu e com o gesto de sempre colocou a bandeja de café na mesa do escritório.
Juliano já havia chegado e, como de praxe, sentou-se ao computador, sabendo que seria pela última vez.
O velho Otaviano iria sentir saudades do rapaz e aquele universo do patrão, por mais que Juliano não dissesse, também o haveria de marcá-lo para sempre.
– Na vida todos nós temos nossos segredos, não é mesmo Juliano?
– No fundo, o senhor é um cristão, porque senão já estaria redimido dessa bobagem, desse sentimento de culpa – arriscou o digitador.

– Talvez você tenha mesmo razão rapaz. Acho que vocês jovens não conseguem entender como determinados valores estão arraigados na gente de minha geração.
– O mundo é outro seu Otaviano ...
– Ainda acha que devo publicar o livro? Sinto-me aliviado só de contar essa história pra quem, por acaso, acessar essa obra e de vivenciá-la novamente.
– Não pretende publicá-la?
– Sou um sujeito ultrapassado, Juliano. Não sou santo, mas conservo alguns valores. E, em nome deles, provavelmente não.
O velho Otaviano então pediu ao digitador para que imprimisse o material. Folha por folha o maço de papel foi ganhando peso.
– Está aqui, Juliano, o fruto de uma vida inteira – gritou eufórico e com a única mão que lhe era firme levou o volume ao nariz, cheiro de histórias, aquele monte de papéis impressos poderia se tornar um livro, não necessariamente verdadeiro, como ele quis, mas um livro de ficção.

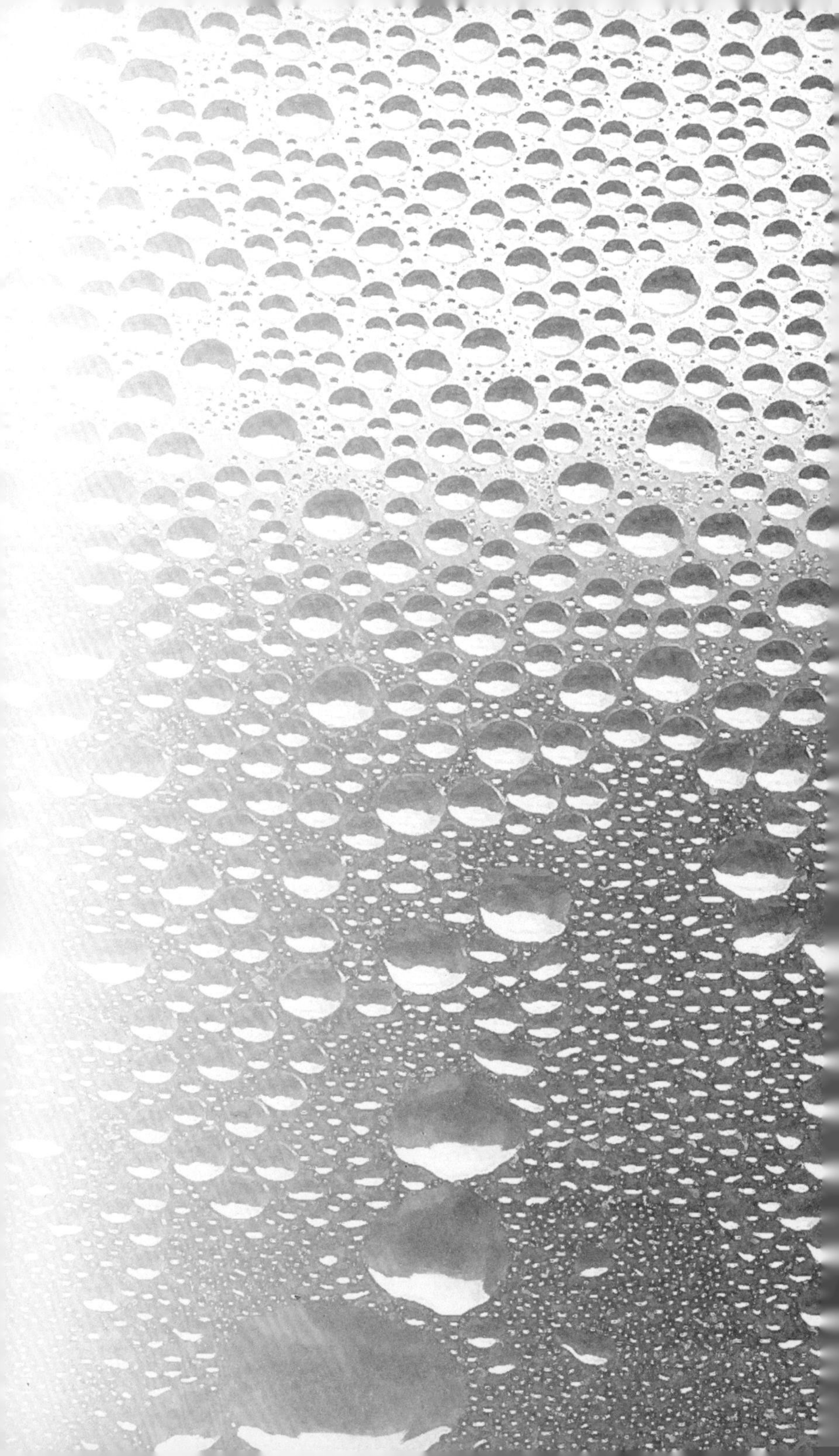

Este livro foi impresso nas oficinas gráficas da Kotter Editorial [www.kotter.com.br] em papel pólen Bignardi off-withe, de 90 gr/m2, tipologia *Garamond 11,5/12,5*, no inverno de 2016.